—————— 阅读之前 没有真相

午夜文库

逐星记

陆烨华 著

新星出版社　NEW STAR PRESS

序章

周天明死的那晚，上海迎来了史上规模最大的流星雨，无数人在大半夜争相拥到街头，观摩来自几光年之外的群星失去生命的全过程。在这样星光灿烂的夜晚，自然不会有人注意到，一间昏暗的老式公寓中，一个渺小生命的陨灭。

我知道他的死讯是在第二天，那天和往常一样平凡无奇。风不比前一天冷，阳光也不比前一天暖，看来老天也没把昨晚的事放在心上。

那天，清晨的第一缕阳光透过玻璃窗跌到我的脚背，还没来得及移动到脸部，我就醒了过来。

我从沙发上翻下来，揉了揉眼睛。不用看墙上的时钟，也知道现在是早上六点。对于快要入冬的上海来说，这时起床也过于早了，不过我已经习惯。不，不如说，我还没有习惯之前，生物钟就已经形成了。

桌上的马克杯中还有昨天未喝完的开水，现在当然已经凉透了，即便我睡眼惺忪，端起杯子时也能清楚地看到水面上漂浮的点点灰尘。我伸着脖子一饮而尽，顿时感觉清醒了很多。

用手背擦了擦嘴，感到有点扎手，这才想起上次刮胡子已经不知道是哪天了。

我打开门，走出办公室，发现外面灯亮着。

"谁啊，下班又忘了关灯。"我嘟囔着，顺手摁下开关。

"哎哟。"

角落里传来一个声音，我循声望去，靠窗的工位处站起一个戴眼镜的年轻人。

"哦，小赵啊。"虽然背光看不清脸，但这里一共就这么几个人，我一眼就认出了他。

"梅老板，早。"

"难听，叫我主编就行。"我又把日光灯打开，"怎么来这么早？"

"我没回去。"他刚来的时候我就注意过，这个小伙子特别注重着装打扮，明明还是个刚出社会的毛头小子，却整天西装笔挺，领带还不重样，发型更是经过精心设计。同样是打着卷儿，他那是造型，我是睡出来的。"昨天收到一本有趣的稿子，不小心看了通宵。"小赵说。

"慢慢来，别太辛苦。"我点点头，径直走向盥洗室，"要不今天给你调休一天？"

"不用，天都亮了，我等下想去拜访作者。"

我从台盆抽屉里翻出刮胡刀打开，"嗡嗡"声立刻盖过了小赵的声音。

再一抬头，我被镜子里的人吓到了。眼睛怎么这么肿？我用手指按按眼睛，不仅没有好转，反而挤得生疼。机械性地刷完牙，擦好脸，我回到办公室，把椅背上的外套披在身上。外套抖开时扬起很多灰尘，我盯着在阳光中舞动的灰尘，有些出神。

"主编，去吃早饭吗？"

小赵不知何时出现在门口，敲了敲开着的门道："我知道一家特别好吃的早餐摊，晚了就没了。"

离上班时间还有三个多小时，我索性把门锁了才出去。

我跟在小赵后面，一路上两人都沉默无语。秋天的上海清晨非常冷，早起的人们都缩着身子，各自奔忙。小赵的皮鞋踏在湿漉漉的安静弄堂水泥路上，发出充满干劲的响声，格外响亮。

我开的这家文化工作室位于武康大厦附近的一幢旧楼内，不大，很旧，租金便宜，但也能满足开展业务的一切基本需求。两年来，工作室的发展比我想象中更快，我一度想着换个更好的地方，但真正挑选时又不知道"更好"是什么概念。

武康大厦被誉为全上海最佳的夕阳观景楼，昨晚的流星雨也对它情有独钟，据说清晰得像有流星撞进楼里。这样的地方当然少不了电影剧组来取景。我记得曾经看过一个爱情片，男女主角坐在武康大厦的最高层，依偎在一起看夕阳，男主深情地说："我们就这样一直等到日出吧。"我真想提醒他，日出不在这一边。

我不是迷信的人，但相比之前的经历，这两年的顺遂可能真是托了这块风水宝地的福。

忽然飘来浓重的血腥味，肯定又是到了武康路菜市场，这鸡血鱼肉混合的独特味道和地上永远擦不干净的污渍是这里的标记。我跟着小赵匆匆走过菜市场，来到一个流动早餐摊前。这早餐摊其实就是一辆三轮车上搭着木板，摊主是一对老夫妻，两人的头发都已灰白。旁边的塑料桌前已经坐满了人。

恰好一对客人吃完起身，小赵便坐了过去，并招呼老板来收拾桌子。

"咸大饼卷油条，两碗咸浆，多放点开洋啊。"

"你喝两碗？"我问他。

"一碗给你的，必点。孟婆汤要是这味道，我也愿意喝。"小赵稍微往上撸了撸衣袖，"剩下的你自己看着点，我请客。"

我虽然习惯早起，却没有吃早饭的习惯，所以只要了一根油条。餐食很快就上来了，小赵舀起一口咸浆，吹了吹，迫不及待地喝了下去，脸上露出心满意足的表情，完全看不出这是一个一夜没睡的人。

"怎么样？嗲不嗲①？"小赵问我。

"还行。"我实话实说。喝下一口人确实觉得暖了，但味道也没多么惊艳。

"这都还行？主编你眼光很高啊。"小赵咬下一口饼，"怪不得千挑万选招了我。"

"我对吃的不太讲究，很少有食物能让我觉得好吃或难吃。对我来说，能入口，能吃饱，就行。"

小赵耸了耸肩，专心吃饼。以我对他的了解，想必要不是上下级的关系，他肯定有话要说。

"昨晚看了谁的稿子啊，这么吸引人？"我随意问道。

"不知道啊。"

"不知道？不知道你看通宵啊？"

"作者很神秘，没写名字。寄过来的稿子是手写的，只留了个地址，说看完后写信回复。拜托，现在谁还写信啊，这么慢，怎么不说飞鸽传书呢。所以我准备跑一趟，效率高一点。"

我心里一动，想起了一些往事。工作很少能勾起往事，所以我热爱工作。

---

①嗲，上海话，形容极好。

"写得好的话，就签了吧。"我心不在焉地说着，"我最近在考虑扩张，缺几个主打作家。"

"写得好没用，我得看看是男是女。"

"什么意思？"

"没什么，我的工作方法，交给我吧。"小赵推了推眼镜，顿了一下，突然问，"主编，我一直想问你，你办公室里挂的那幅水墨画是什么啊？"

"你说那幅字啊，写的是'放虎归山'。字面意思，怎么了？"

"那居然是字？"小赵很惊讶，"我以为是打翻了墨水瓶呢。"

我笑了笑。"一开始，我还以为画的是一颗煤球呢。"

"原来是字啊。可一般老板办公室里不都挂什么'财色兼收''财源滚滚'这种吉利话吗，你挂个'放虎归山'想表达什么？"

"这幅字啊……"我并不想回忆，但也懒得瞎编，"是一个朋友写好了送给我的。你觉得'放虎归山'这个词是贬义还是褒义？"

"贬义啊。"小赵想都没想，"比喻把坏人放回老巢，留下祸根。"

"老虎也是生物，山林是他原本的家，放虎归山为何不能像放鱼入海一样，是善意之举呢？"

小赵想了想，笑着说："你是老板，你说得都对。"

"放虎归山若是一个故事的开头，那这大概是一个悬疑惊悚故事；那若是一个故事的结尾呢？因为我做的是故事的生意，那位朋友才送我这幅字的，可能是想祝福我们能发现更多精彩有趣的故事吧。说起来，我会成立这个工作室，也是受了他的启发。

不过说是朋友，其实也只是一面之缘，他很神秘……"我吃得差不多了，拿纸巾擦了擦嘴后准备付钱，说是要请客的小赵却完全没有抢着付的意思。这时，不知谁说的一句话传入我的耳中。

"人真的死掉啦？"

我和小赵都转过头，发现身边站着一群大爷大妈，正七嘴八舌地议论着什么。我好奇地站起身，凑了过去，发现人群中间有一个穿着围裙的中年妇女，正比比画画地说着。

"是啊，我看到了呀，吓都吓死了。后来警察就叫我走了呀。"

中间的女人兴奋地说着，人越围越多。或许是职业病吧，"人死掉"这几个字激发了我，我没有理会小赵，也钻进了人群。

"哦哟，太作孽了，到底谁搞的啦？""肯定是交了些不三不四的朋友呀，这种人我见得多嘞，上个礼拜，我儿子的朋友，在国外的，也……""会不会是自杀啦？新闻里经常放的呀，为情所困。""对呀，新闻车来了吗？小宣是不是要过来跑新闻了。"

周围的人七嘴八舌地议论、提问，中间的女人紧皱眉头，脑袋灵活地转来转去，从容不迫地回应众人的好奇心，竟让我想到可同时与十个人对话的圣德太子。

"天明不是那种人，我看警察的表情就知道，一定是被人杀掉的！"

天明？

这个名字很常见。

我这么想着，却还是忍不住提高嗓门，问道："阿姨，你说的天明是？"

她打量了我几眼，然后说道："周天明呀，你认识他啊？就是那个口袋里老是放一把香瓜子的小伙子。"

不管这个名字多么常见，口袋里总是放一把瓜子的人，可不多见。街对面传来警笛声，我突然后背发凉，想转身赶紧离开，脚下却动不了。

我原以为这辈子都不会再见到他了，再不会和他有任何关联了。

"主编？"小赵的声音将我拉回现实。

我又费劲地挤出人群，正色道："小赵，你先回工作室，我有点事。"我把钥匙拍到他手里，不顾小赵的古怪眼神，径直离开了。

也难怪他会觉得奇怪，我这么一个住在工作室，工作就是全部的人，一大早能有什么事呢？

其实我自己也不知道。毕竟，距离上一次临时有事，已经过去两年了。

第一章

有人问我,保持婚姻幸福的秘诀是什么?我的回答是:"要有想象力。接吻的时候把她想成另外一个人就行了。"

后面那句当然是玩笑,但"要有想象力"并非虚言,两个人在一起超过几千几万个小时,最初的怦然心动变为日常琐事,难免会觉得无聊或发生争吵,这时,只要稍微动用一下想象力,制造一些惊喜,爱情保鲜期就会变长。

说易行难。

十月一日那天,我和星儿已经冷战一周,其实我都忘了引发冷战的原因是什么了。不过原因是什么、是谁的错都不重要,时间到了就差不多和好,夫妻嘛。果然,我从阳台上抽烟回来时,星儿跟我说话了。

"你还记得今天是什么日子吗?"

"国庆节?"我装作不记得,"冷战一周纪念日?"

"我喜欢这个纪念日,以后我们可以常过。"星儿抿着嘴,抱着胳膊说道。

我走到电视柜前蹲下,从抽屉里拿出一本皮面的大本子。

"没忘,礼物。"我换上嬉笑的表情,把本子递给她。

星儿脸上闪过一丝惊喜,不过很快就消失了。她接过本子后马上翻看了起来，我走到她身后，从后面抱住她，头靠在她的肩膀上，她没有闪躲。

第一页有我用黑色马克笔写下的一行字，星儿没有任何表示，翻了过去。接下来的每一页上都贴满了照片，是我过去一年里用手机拍下来的各种"星"。有偶尔路过的店名中有"星"字的漂亮小店，有海报、招贴画中的星星，有五角星形状的花坛……看前几页时，她翻阅的动作明显慢了下来，但看了几页后她就仿如失去了耐心，快速翻到最后，然后合上本子，抖了抖肩膀，挣开我的双臂。

"谢谢。我留着慢慢看。"她原本僵硬的表情已变得柔和。

"亲我一下。"

"还有么？"

"什么？还有什么？"

"礼物啊。"她把本子随手放到茶几上，"今天是我们的第一个结婚周年纪念日，礼物不会只有这个吧，一个不花钱的手工制品？"

"你还想要什么？钻石？珠宝？"

"之类的吧。"星儿一副理所当然的表情。

"没有，我以为——"

"舍不得花钱呗。"她的目光很冷，却盯得我脸颊发烫。

"你什么意思？"我有些恼怒，"这本相册我可花了一年时间，拍下每一张照片时我都在想你。任何女孩看到这种礼物都会感动吧，可你就这反应？"

"抱歉，我和别的女孩不一样。"

"是，就因为你和别的女孩不一样，才吸引我，但我没想到你也喜欢那些虚荣的东西。"

"抱歉，有时候我也和别的女孩一样。"她直视着我的眼睛，"我们要的不是多么贵重的礼物，而是尊重。"

"我这么用心做出来的相册，还不够尊重你？"

"你上班不是很忙吗，哪儿来时间拍这么多照片？"

她突然这样问，令我一时语塞。不过星儿好像也没有期待我能回答，说完就走进了卧室。我在客厅站了一会儿，也跟了进去，发现星儿换上了一件驼色大衣。

"我每天上下班的路上，中午吃饭的时候……拍张照片不是很简单吗，你关注的点也太奇怪了吧。"我扶着门框说道。

"你拍的那些照片，地区分布得很广呢。"她没有看我，在衣橱里挑来挑去，拿出一套西服对我说道，"不说这个了，赶紧换衣服。"

"换衣服？"

"换衣服出门呀。"星儿白了我一眼，"不是结婚一周年纪念日嘛，不用庆祝啦？对了，换洗的内衣裤也拿着，今晚不回来了。"

"去哪儿啊？我们晚上住哪儿？"

"兴国宾馆。"

"啊？……哦，好啊。"

"你就知道说'好啊'，我看你在外面不是挺有想法的嘛。明明脑子里想得很多，在我面前就知道'好啊好啊'。"

"那是因为老婆的决定英明，我只负责听话就行了。"

"别跟我嬉皮笑脸。"星儿板着脸拿出手机，"没跟你和好，我是过我的结婚纪念日。"

* * *

兴国宾馆是我们举行婚礼的地方。地方是星儿挑的，因为这里有全上海最漂亮的草坪。草坪中间的香樟树亭亭如盖，据说树龄有上百年。

记得当时签完婚宴的合同时星儿笑得特别开心，她指着合同上的一行字对我说："看这儿写的，如果婚礼期间有重要会议召开，需借用婚宴场所，咱们就结不了婚啦。"

现在想来，如果当时真的有重要会议在兴国宾馆召开，让我们结不了婚，是不是更好呢？

去酒店的路上，我和星儿双双无言。短短一年，气氛竟有如此天壤之别，令我不禁心生唏嘘。

更讽刺的是，今天接待我们的前台服务员也是婚宴那天见过的，我还记得她递喜糖的时候笑吟吟地对我说"谢谢您，梅先生，新婚快乐"，口气像是熟人一样。她和一年前没什么变化，冲我们露出带着梨涡的甜甜笑脸，但我知道她根本就不记得我们了。这也没什么可怪她的，对我们来说那是人生中最重要的一天，可对她来说不过是普通的辛苦工作日。

"您好，李小姐。"她收过两张身份证，跟星儿确认，"是住一晚吗？"

"是的。"

"请问抽烟吗？"

"不抽。"

以往去住酒店，星儿总会顾虑到我而选择可以抽烟的房间，但这次她连问都没问我，看来还在生气。

"好的。"前台服务员在电脑上操作了一番，又说道，"您的房间是1332，在十三楼。费用您在网上已经付过了，这边只要再给我一张信用卡做下担保就行了。您的房间包含早餐,早餐时间是七点到十点,在一楼的香樟园,请问还有什么需要帮您的吗?"

"明天的退房时间是几点呢?"

"我们的退房时间是一点。"

"延长到五点可以吗?"

"不好意思,最多到两点。"

我和星儿外出住过很多次酒店,高级的或是小旅馆都去过,今天她却特别在意起退房时间,惹得我都有些脸红。但我没有插嘴,因为身为丈夫的我已经感觉到她今天的心情有些不同。

星儿预订的是去年结婚时我们住过的小套房,当时没觉得很大,现在一看,感觉快和我们家差不多大了。

"你今天怎么回事?延长到五点还不如说买一送一呢。"

"这么好的房间,我想多享受一会儿。"星儿把手提包往沙发上一甩,然后坐到床上,直勾勾地盯着我。

我避开她的视线,脱下外套,小心翼翼地挂进衣橱。和她在一起这么久,我当然知道这个眼神是想表达什么意思。背对着她挂衣服的时候,我拼命思索着,为什么是现在?她不生我气了吗?答案很明显,星儿虽然嘴上不饶人,但心里一定是爱我的,不然她为什么要订这么好的房间,还坐在床上用渴望的眼神望着我呢?

我决定顺着这个台阶,结束这一周的冷战。

挂好外套,我松了松衬衫的领口,转过身慢慢朝星儿走去,她依然用灼热的眼神迎接着我,这一瞬间我仿佛又回到了一年前。我缓缓靠近她,弯下腰和她拥吻在一起,但在我尚未完全融化之前,星儿扳着我的肩膀把我按在床上,然后爬到我身上。她的长发扫过我的脸，让我心里痒痒的，却听她在耳边轻轻地说："我有了。"

这一句话给我的震撼直接让我的整个身体都僵硬了。她想要再吻我的时候，我不自觉地躲避了一下。

星儿睁开眼睛看着我，什么都没有说，但那眼神代表了无数问题。

"……真的？"我咽了口唾沫。

星儿又近距离盯着我看了一阵，然后从床上坐了起来。

"你不想要孩子？"她问。

"不是，我只是觉得……太突然了。"我也坐了起来，伸手搂着她说，"我还没准备好。"

"你不想要孩子，对吧？"她重复了一遍，侧过脸看我，眼神中已经没有那股灼热，这让我感觉自己搂着的躯体也是冰冷的。

"星儿，我们结婚才一年，二人世界还没过够呢。"

她摇摇头。

"有了孩子，我们又不会分开，只会更加紧密。"顿了一顿，她又用干涩的嗓音说，"梅寄尘，你在害怕什么？"

"我没有害怕。"我几乎立即进行了反驳，"我只是觉得……不是，星儿，我们早上不是还在冷战吗，你突然之间跟我宣布这么重大的事，我没有准备啊。"

"你要准备什么？请记者来采访？"

我手臂发力，试图让她更贴近我，她却挣脱了我的手臂。

"你是不想担责任吧？"

"什么不想担责任，你在乱说什么啊，星儿？我们已经结婚了，有了孩子我一定会努力尽一个父亲的责任，但现在……"

"原来你还记得我们已经结婚了啊。"

她冷笑了一声，突然问："你存了多少钱？"

我感觉额头沁出了一层细汗，正不知道该怎么回答时，门铃声救了我。

我连忙跑去打开房门，发现救星是一位年轻的服务生。他推着餐车，上面放着一瓶香槟和冰桶、杯子。

"我们没有点这个。"我说。

"先生，这是我们酒店送给您和太太的。"服务生笑着对我说，"祝你们周年快乐。"

这真是一句讽刺的祝福语，我勉强挤出一个礼节性的笑容。这时，星儿走到了我身后，眉开眼笑地对服务生说："谢谢你们，对了，你们酒店有什么适合庆祝结婚纪念日的套餐吗？贵一点的。"

服务生把餐车推进房间，笔挺地站着，笑着回答道："太太您放心，我们这里没有便宜的。"

"太好了，给我订一个最贵的吧。"

"好的，我推荐两位我们这里的招牌，至尊海鲜套餐，所有的海鲜都是空运过来的——"

"那个，不好意思。"我打断他道，"海鲜很多要生吃的吧？"

"是的，先生，不过您放心，我们的海鲜十分新鲜——"

"不，我太太不方便吃生的东西。"

服务生的表情管理得很好，得体地表示遗憾后，问我们是否还有别的需要，然后就出了门。我再一次表示感谢，关上了门。

"为什么不让我吃？"星儿抱着胳膊问，"嫌贵？"

"瞧你说的。"我露出尴尬的笑容，"你这不是怀孕了嘛，而且酒店里面能有什么好吃的，以后我带你去外滩的高级西餐厅吃。"

"我没怀孕。"

"啊?"

"我说,我没怀孕。我只是想看看你的反应。"

我们彼此对视着,没有说话。看着她的表情和眼神,我知道这次她说的是真的。如释重负和难以接受的感情交织在一起涌上我的心头,我从口袋里摸出香烟,刚拍出一根叼在嘴里,才意识到这是禁烟房,于是只好把已经沾了唾沫的烟塞回烟盒。

"我出去给你买吃的。"

最后,我只说了这句话,就离开了房间。

走出一楼的旋转门,我才想起忘了穿大衣。十月里,太阳下山后还是有点冷。我缩着身子在附近兜了一圈,却没发现什么小饭店,最后只好走进一家看起来就很贵的西餐厅,实际价格比我想象的还贵。

我看着菜单选了很久,才点了一个看起来性价比最高的套餐,外加一份打包。匆匆吃完走出餐厅,提着给星儿的那份在寒风中点燃一根香烟,想着抽完再回去。可一想到刚才的一幕幕,不知不觉就抽了三根。再不回去,星儿要饿坏了吧,我这样想着,熄灭了香烟,加快脚步往酒店走去。

一进房间,我就听到电视购物主持人充满活力的声音,而星儿正懒洋洋地靠在床头,没有看我一眼。我把打包的食物放在床头柜上,蹲下来看着她。

她缓缓转过身,嘟囔着:"回来得很巧啊,我刚准备叫客房点餐服务呢。"

我突然觉得有些内疚,尽量用轻松的口吻说:"我在楼下西餐厅给你买的,那家餐厅排队的人很多,应该很好吃。"

她白了我一眼，没有说话。

我站起身坐到床边，又说道："既然今天又住在这里了，我们就试着以当时的心情好好交流一下吧。星儿，你别总不说话嘛，我可是一直在主动跟你交流啊。"

"交流？你那叫说话，不叫交流。"虽说星儿嘴上不饶人，却还是听话地打开了外卖的袋子。

"说话不就是交流吗？你刚是不是梦到自己是昆虫了，以为触角碰到一起才算交流？"

星儿吃了一口沙拉，直愣愣地看着我说："你不尊重我。"

"我哪里不尊重你了！"我真的受够了这个哑谜，不自觉地拔高了声音，"就因为我没花钱给你买礼物？不舍得给你吃海鲜大餐？这顿饭也很贵的好吗！而且，你有没有尊重过我呢？骗我说怀孕了，我送你的相册看都没看完就扔一边了。"

"我看完了。"

"随便一翻也叫看完了？最后一张照片是什么你说得出吗？"

"外白渡桥，晚上亮起的灯，像星光。"

"你……怎么还真的看完了。"我的声音一下子弱了下来。

星儿叹了口气，把塑料叉子扔进还没吃完的外卖盒中。"你要骗我到什么时候？"

"骗你……什么？"我心虚了，"我可没骗你说我怀孕了啊。"

"工作的事。你天天早出晚归，说自己忙死忙活，怎么钱赚不着，成天拍照片？"

"那是因为……唉，我不是都说了，那些照片——"

"别说了。我去你公司找过你了。"星儿的声音很冷漠。

我看着她，被她眼中的失望之情吓了一跳，慌忙垂下眼帘，盯着地毯上的花纹。

"行啊,梅寄尘,学会裸辞啦。结婚前我怎么没发现你这么有主观能动性呢,我还以为你是那种别人说什么都答应,只会顺水推舟的人呢。"星儿站了起来,一步步走向我,"你想干吗?是想享受自由,还是准备去报考摄影班啊?你是不是忘记你已经结婚了,已经为人夫,有一天也会为人父的啊?如果你现在还单身,我可能会因此被你吸引,觉得你好勇敢好有想法,但你现在不是一个人,你身上是有责任的。"

"星儿……我跟你提过了,现在咱们还没孩子,经济压力没那么重——"

"所以你就想制造一些经济压力?原来动机是这个啊,我真是低估了你的想象力了……"

"我想当作家!"我再也忍不住了,握紧拳头大声地吼道,"当上作家之前,我不想被束缚!"

星儿下意识地退了半步,眨着眼,打量着我,有好一会儿我们都没说话。然后她慢慢地坐在床边,说:"我也希望你能当作家啊,但你是这块料吗?"

"不试试怎么知道是不是这块料!"一说起这个我就浑身燥热,心跳加速,再也控制不住情绪了。

"哈哈哈,还试试……"星儿突然发出冷笑,"你写的故事我又不是没看过。说真的,写作是要有天赋的。"

"那是你不懂,你们都不懂!我已经构思好了一个特别棒的故事,这次我要写一本推理小说,一定能火!我现在需要的就是时间!"

"你醒醒吧,别老把希望寄托在出版社看走眼上。"

星儿语气中的讽刺让我更加烦躁,我站起身凑近她,抓着她的胳膊,说:"那你听听看,我正在写的这本书,名字叫《天上的谜题，地上的解答》。讲的是在飞机上发生的案件，飞机降落到地面后，谜题才解开。具体是——"

"梅！寄！尘！"

我第一次听到星儿发出这么大的声音。她用力地甩开我的手，转过身爬到床的另一边，背对着我坐下，似乎在擦泪。

"星儿……"

"梅寄尘，你真幼稚啊。"星儿说，"我说你不适合写作，但并不是让你放弃。我可以等你进步。但这不是你一个人的事情，你明白吗？刚刚我说我有了，你知道你是什么反应吗？是恐惧，是恐惧啊。梅寄尘，既然家庭给你造成了负担，那你当初为什么要结婚呢？你想过吗？你在考虑理想、未来的时候，有没有稍微想起过我？我……我没有安全感了。"

星儿这番话说得没错，我也明白其中的道理，但想要证明自己的冲动更占上风，这股冲动大过了一切的理智与情感。此刻，我心中有愧，却没有表达。

我站起身，握紧拳头说道："我会成为一个作家的。机会我也会自己争取。我这么做不是为了证明你错，而是想证明，我没错。"

星儿已经不哭了，只是无声地摇了摇头，像是试图用这个动作来否定一切。而我早已做出了决定。

我默默套上衣服，一个人离开了房间。

第二章

案发地在一幢临街的老式公寓楼里。

这种临街住宅在上海很常见，没有明确的小区划分，也就没有门卫。楼层不高，没有电梯。从外面看，灰白的外墙带有几十年日晒雨淋的痕迹，空调外机乱七八糟的，毫无美感可言。进到里面，大多楼梯间狭窄，还凌乱地放满了东西。不过只要路边有几幢这种老式公寓，就能给整条街道平添一分市井气。

如今整幢楼都被封锁了，还有不少警察在外把守。但这依旧不能打消看热闹人群的热情，甚至可以说，反倒更吸引人了。

围观者十分喧闹，把守的警察费力地维持着秩序。我好不容易挤到警戒线前，却又马上被一名警察推了一把。后面的人发出不满的咒骂声，这让我有些心烦，心想反正也进不去，干脆退了出来。

我走开几步点了根烟，看着面前伸长手臂指指点点的围观群众。我又环顾四周，发现路边停着一辆救护车，车门打开着，旁边有几名像是在待命的警员。是要运送尸体的吧，这么想着，我又不由得抬起头看了看这幢旧楼。

周天明，上一次与他见面时我就有诸多疑惑，而两年后再次听到他的消息，居然是死讯。我狠狠地吸了一口烟，决定不再围观。

警察队伍中的领导最容易识别,我盯着那个发际线退到几乎和清朝人一样的中年男人看了一会儿,见他利落地指挥着几个青年警员,便马上做出了判断。

我径直朝他走去。

"警察同志,你好。"

中年警察瘦削挺拔、眉骨突出,转向我的时候努力挤出微笑。虽然效果不佳,但我知道他尽力了。

"你好,有什么事?"

"死者……是叫周天明吧?"

"对不起,相关信息不方便透露。"警察皱起了眉头。

"我认识他,算是……朋友吧。"我坚定地盯着这名警察,努力通过眼神传达些什么。

"太好了,上车吧。"他的眉头一下子舒展开了。

"哈?"居然一句话就成功了?!这反倒让我有点忐忑。

"去坐副驾驶,回警局说。"中年警察干脆利落地说道。

"可是,我没准备啊……我只是想了解下情况。"

"对啊,我也只是请你到警局了解下情况,要准备啥?你要上班吧,给你开假条,协助调查,工资照发。"

这个人怎么和我印象中的警察不太一样?不仅如此,做事风格和他那张严肃的脸也不太相配。我正胡思乱想着,感受到背部有一股强大的推力。中年警察一边把我往副驾驶推,一边说:"你在车里稍微等我一下,我交代两句咱们就回警局。"

这是我第一次坐警车,只有一个感觉,坐在车里听警笛声,并不觉得刺耳。

威严的中年警察一路都没和我说话，他专注地直视着前方，认真得像在参加比赛。我也不好主动搭话，只好乖乖地坐着。此行的目的地并不是派出所，而是市公安局，看来我的判断没有错，这个中年警察是个领导。

到达后，我在中年警察的带领下朝里走。一路上碰到几个穿制服的警察，都马上立正管他叫什么"秦队"，而他只是点点头。跟他打招呼的人也都会朝我瞥上几眼，我心想，可别把我当成他抓回来的罪犯啊。

他带我走进一间办公室，里面已经站了几个穿制服的警察。

"小唐，这是周天明案的关系人，基本情况你先聊聊。"

"行嘞。"一个身材高挑、扎着马尾的秀丽女警应道。

秦队没有和我打招呼，就匆匆走开了。我莫名有些心慌。

"你好，跟我来吧。"女警小唐拿着个文件夹微笑着对我说道。

我跟着她走回走廊，路上想到平时爱看的刑侦片，暗自猜测该不会要带我去那种有单面玻璃的审问室，一边回答问题一边被外面的人研究微表情和小动作吧。

事实证明我想多了，我被带进了一间大会议室。

会议室的桌子旁围着十几把椅子，桌子正中央有一台投影仪，一看就是部门开会的地方。

"随便坐吧。"小唐把灯打开，在墙角的饮水机处倒了杯水，放到我面前。

我有些局促不安。

"别紧张，就是了解了解情况。"

小唐在我对面坐下，我这才发现她很年轻，最多二十八九，而且长得挺漂亮。

"你不用录音吗？"我喝了口水，紧张地问道。

小唐咯咯笑了起来。"录什么音啊，你又不是嫌疑人。"

我尴尬地又喝了口水。

小唐拿出几张记录纸，写了几笔，然后抬起头看着我，说道："先自我介绍一下，然后说说你和周天明是什么关系。"

"你们没想过，我说我认识周天明，也许只是开玩笑的吗？"

小唐没说话，眼睛却一眨不眨地盯着我，看得我有些冒汗。

我逃开了她的注视，低下头，又端起水杯。听到她又发出好听的笑声，接着斩钉截铁地说："开玩笑的人我也见过不少，但秦队能把你带来，说明你真的有点关系。"

女警又扶了扶面前的记录纸，说道："好啦。我们开始吧，再开玩笑我可真把你当嫌疑人处理了哦。说说你自己，还有和死者是什么关系？"

"我叫梅寄尘，三十二岁，开了一家文化公司。"

"公司名字是？"小唐一边记录一边问道。

"星尘文化传播工作室。主要是做图书的出版和策划这一块。"

小唐记了几笔，没有再发问，我便接着说道："周天明算我的朋友吧。"

"算？"小唐抬起头。

"我们已经有两年没见过面了，我甚至不知道他还在上海。"我说的都是实话。

"两年……"小唐用笔的尾端敲击着纸，问道，"这两年里你们联系过吗？"

"没有。"

"你们是怎么认识的？"

"我们是书友。"

"书友？"

"我们都喜欢看推理小说，之前在推理小说的论坛交流过，然后发现大家都在上海，就出来吃过几次饭。"

"你们聊天的网站，还有你们的网名，都告诉我。"

"呃……他的网名我有点想不起来了，他经常换，而且这都过去两年了。"

我想过要不要临时编个网名什么的，但转念一想，如今面对的可是警察，到时候发现我在撒谎，反而弄巧成拙。

"没事，你尽量想，日后想起来随时告诉我们也行。"

我连忙答应。

"关于周天明这个人，你都知道些什么？比如他的人际关系之类的。"小唐又问道。

"知道得不多，我们基本上聊的都是推理小说的话题。我只知道他两年前刚大学毕业，总跟我说在上海生活太难了，又举目无亲，说要回老家。所以他应该在上海没什么亲人吧。"

"他老家是哪里的？"

"我只记得是河南的一个小村庄，具体是哪里不记得了。"

"他有没有跟你说过他在上海有什么朋友？或者关系比较好的同学？"

"没有，他性格比较孤僻，说在学校里没什么聊得来的人，也没谈女朋友。"

"人际关系真是干净得很啊。"小唐放下笔，蹙着眉上下扫视刚记下的笔记，应该是在思考还有哪些问题要问我。

我趁着这个空当，小心翼翼地问道："唐警官，周天明是怎么死的？"

"不知道啊。"结果小唐轻描淡写地应付了。

"不知道？你们警察怎么可能不知道呢？"

"我没去现场。"小唐盯着我的眼睛笑道，"即使知道了也不能告诉你。"

"是自杀还是他杀可以告诉我吧？吃安眠药还是煤气中毒，这个一眼就看出来了吧。"

"说实话，还真看不出。"小唐警官说完吐了吐舌头，用笔挠了挠头，像是在后悔自己说多了。

"怎么回事？"

从她的反应来看，周天明的死一定有蹊跷。在现场的时候我就知道周天明不太可能死于意外或自杀，不然不会惊动那么多警察，可小唐警官说的"不知道"又是怎么回事？就算是凶杀案，口风也不用那么严吧。

我正准备追问，会议室的门打开了。一名年轻警员神情慌张地走进来，把一个蓝色文件夹递给小唐警官，小唐警官把它举在眼前，年轻警员一边小声说着什么，一边用手指在上面划来划去。由于坐在他们对面，我只能看到那个蓝色文件夹的背面，里面装着什么完全不知道，只看到小唐警官的眉头越皱越紧，眼睛中却散发出兴奋的光彩。

我拿起水杯，轻轻嘬了一口，然后猛烈地咳嗽起来，手里的杯子往前倾倒，大半杯水就这样泼洒在小唐警官的裤子上。

"哎呀！"

小唐警官吓了一跳，把文件夹丢在桌上，伸手去够桌子中央摆着的纸巾盒，我嘴里连声说着"对不起"，也起身去够纸巾盒，拿到之后胳膊肘顺势一带，文件夹被我碰到了地上。

"对不起，对不起，我来我来。"

我更加着急地道着歉，抢在年轻警察前面把文件夹捡了起来，然后用衣袖擦拭着上面沾的水。与此同时，抓紧时间看里面的内容。

大概几秒钟之后，年轻警察就从我手里拿走了文件夹。

"你先出去吧。"小唐警官冷冷地说道。

年轻警察用锐利的目光看了我一眼，一言不发地走了出去。

"对不起啊，我不是故意的。"

"没关系。"小唐警官边说边收拾着桌上的记录纸，"基本情况了解得差不多了，我还有点事，你稍坐一会儿，等秦队来了——"

"周天明是坠亡的？"我决定主动进攻。

小唐明显一愣，然后换上公事公办的神色看着我，道："相关情况——"

"我看到了。"我不想再浪费时间了。

小唐扭了扭身子，没有答话。

我往前凑了凑，诚恳地说道："刚才那份报告上写着死因是坠亡，但尸体不是从公寓里搬出来的吗？怎么会是坠亡呢？"

小唐沉默了许久，兀自整理着桌上那几页纸，接着像是下了什么决心似的抬起头，说："所以我一开始也以为是同事搞错了。"

"到底是怎么回事？"我想起她刚才眼中闪烁的神采，不像是一个为案子头疼烦恼的警察，倒更像一个刚捉到了漂亮蝴蝶的小女孩，那是好奇和兴奋的神采，"唐警官，刚才也说了，我是一名侦探推理小说爱好者，也算见过不少小说世界中的奇怪命案。照我们推理小说的说法，周天明在公寓里坠亡，就是不可能犯罪啊。"

小唐警官打量着我,又沉默了一会儿,然后说道:"梅先生,我也很喜欢推理小说,也在网上认识了不少你所谓的'书友'。所以……嗯,请你把我接下来说的话当成是一个推理小说同好的交流,而不是警方……"

"你说。"我屏住了呼吸。

"周天明确实是从高空坠亡的。"小唐舔了舔嘴唇,压低声音说道,"死时身体呈趴伏状,从与地板接触面的损害程度及血迹来看,应该是从十几米处坠落形成的。换句话说,死者是从至少三楼的高度坠落而亡的。可事实上,死者房间的层高连三米都不到。"

小唐警官顿了一下,双颊变得潮红,似乎也被这一谜团吸引。比起我和周天明,眼前这位女警的表情,倒更像一个合格的推理小说爱好者。

"秦队不相信,说要看过鉴定报告才能确定,但出外勤的同事们从来没有看错过现场。"

真是说曹操曹操到。外面传来的一声"秦队",把我们二人同时拉回到现实。小唐赶在会议室的门打开前冲我使了个眼色,接着就被叫了出去。

我一个人坐在会议室里,想要理清刚才听到的信息,可脑中像刺入了一根针,无法思考。我决定先把眼前这关过去,便扭了扭身子,同时尽快调整脸上的表情。

不一会儿,秦队和小唐都风风火火地回到了会议室。

秦队自进门起视线就没离开我,他动作粗鲁地拉开一把椅子,把一个文件夹扔到桌上,重重地坐下,不客气地说道:"梅先生,既然你已经大概了解了一些情况,那我要问你几个问题。"

看来他已经知道我偷看警方内部资料的事了,不知道是不是心理作用，总感觉他看我的眼神比来时多了一些猜疑。

"我会把知道的都说出来的。"我佯装淡定地回应。

秦队点点头，默默打开文件夹，说道："我们需要关系人确认一下死者身份。这是几张死者的特写照片，你看看。"说着抽出几张照片，又补充了一句，"死者死状凄惨，你有心理准备吗？"

"啊？心理准备？"

秦队晃了晃手里的照片，说："有点恶心。"

照片被一一摆放在我面前，不得不承认，胃里那碗咸豆浆突然翻腾，我有些不敢直视。

一共五张照片，基本都是面部特写，看得出警方是挑选之后才拿给我看的。不过即便如此，毁掉的半张人脸还是毫无遮掩地呈现在我眼前。

"另外，请你配合我们警方办案，出去后不要到处去说这件事。"

这句话更让我下意识地后缩，但又忍不住想去看桌上的照片。

"你仔细看看，是你的朋友吗？"

我依言端详。但照片可能是复印件，比较模糊。我眨眨眼，扭过了头。

够了，我看够了。我也受够了。

"看清楚了？是周天明吗？"

我喘了口粗气，说道："秦队，我和他两年没见了，现在你拿出一张摔成马赛克的照片让我认，我很难回答。"

"嗯，确实。但很可惜，我们在他家搜了一圈，没找到照片。那你知道他的身体上有什么特殊的印记吗，比如文身、胎记之类的?"

"没有,我不记得有。我和他没有那么熟。"

"哦……这样啊。"

秦队的声音里明显透出怀疑,我有些怕他直视我的眼神,灵机一动问了一句:"手机呢?"

秦队扬了扬眉毛,说道:"有,在他裤兜里。可惜摔坏了,鉴证科正在修复呢。"

"哦……"我没话可说,此时只想赶紧离开这里。

秦队喷了喷嘴,语重心长地说:"现在的情况是这样,死者似乎没什么交际圈,我们走访了街坊邻居,很多连见都没见过他。就只有梅先生你,说是他的朋友。你得协助我们调查啊。"

"嗯,我一定尽力。"

秦队又盯着我看了一阵,接着突然说:"其实现场还有一个奇怪的地方,我也想问问你。"

这话又让我来了兴致。

"你说。"

"死者的衣服口袋里装着香瓜子,屋里的地上也掉了很多,你知道这说明什么吗?"

"这说明他很爱吃瓜子。"

"你真聪明。"秦队皮笑肉不笑地说,"但长期嗑瓜子的人,门牙上会留下一些痕迹,死者的门牙上却没有这样的痕迹。"

"那可能因为他牙口好吧。"我装傻地笑着。

"嘿嘿,是吧。"秦队也配合地笑了起来,眼神中却毫无笑意。

然后又是沉默。就在我马上要崩溃的时候,终于听见他说道:"谢谢你的合作,梅先生,如果日后想起什么线索,麻烦随时和我联系。"

"一定。"

秦队脚步咚咚作响地离开了会议室，之后我在小唐的指导下留下了联系方式和地址，迫不及待地走出了警局。临走时小唐警官提醒我近期不要外出，虽然她笑得很温柔，但我听起来却像是警告。

为了缓解紧张的神经，我想抽支烟散会儿步，后来发现自己离武康路越来越远，于是顺手招了一辆出租车。

一时没理出头绪的我决定先回工作室整理一下手上的工作。说真的，刚才秦队说我可以走了时我松了一大口气，虽说是我主动找他想打探些消息的，但后来渐渐有点害怕。我默默在"社会人行为准则"上记下"最好不要和警察碰瓷"这一项，又甩甩头否定，毕竟，我确实获得了一些"内部信息"。

不可能坠亡。没想到现实中真能听到这种词汇。说实话，作为推理小说爱好者和曾经梦想成为推理作家的人，我有点兴奋，但比起这个，还有更让我疑惑的事。

秦队给我看的照片。

上面的人不是周天明。他姓李。

我不会认错。

第三章

十月的上海昼夜温差极大，寒冷的兴国路上只有我一个行人。夜空中有一颗星星特别亮，我点起一根烟跟它做伴，双手插兜沿着宾馆的围墙走。道路两边的梧桐树在寒风中颤抖，树叶沙沙作响，竟和雨声差不多。我嘴边的小小火星对于驱寒没有任何作用，连烟味都在进入我的鼻腔之前被吹得一干二净，取而代之的是不知从何处飘来的淡淡桂花香。

走到兴国路的尽头，街边出现了一家酒吧，招牌昏黄，里面看起来却很热闹。酒吧门口站着一群男女，正围着吸烟点抽烟。这么晚了，竟有这么多不睡的人。

虽不太爱喝酒，我还是径直走了进去，一方面是外面太冷；一方面也是因为此时的我确实需要酒精。

只有吧台还有空位，倒也正合我意。我坐下来，精挑细选后点了杯经典马提尼，唉，其实就是选了杯相对便宜的。左边是一对情侣，身子靠得很近，女孩子不时发出甜甜的笑声，显得很有魅力。我忍不住想看看她的脸，却被她的男伴狠狠地瞪了一眼。

好吧好吧，我把身子往右边挪了挪，这才注意到右边隔了一个椅子的位子上坐着一个男人。酒吧里光线暗，男人穿着一身黑衣，还坐在角落，仿佛隐形了。

他勾起了我的兴趣。

这个男人看起来和我差不多大,他神色紧张,眼睛盯着桌面,显然正为什么心事烦扰。

和我一样。

他面前放着一只只剩冰球的威士忌酒杯,从冰球的大小来看,他应该是酒一端上来就一口喝光了。

我正准备和这个伤心人聊聊天,酒保把酒端到了我面前。他好像看穿了我的姓氏,还在杯沿上放了一颗青梅。我拿起青梅,冲酒保笑了笑,一口吞下。

我抿了一口酒,第一反应竟是星儿肯定喜欢,没想到这家小酒吧能调出如此有新意的马提尼。我默默记下酒吧的名字NO.3,决定哪天带星儿一起来,想到这里又不由得长叹一声。就这样扔下星儿一个人在酒店真的好吗?我是不是真的如她所说,毫无责任感,活得过于自私了呢?我在心里进行了不知多少次自我反省,最终还是把纷乱的思绪用酒冲下。

我正沉浸在思绪中时,旁边传来很大的动静。我扭过头,见那个男人已经站起身,刚才那一声是他把一个帆布包碰翻在地发出的,但他看也不看地上的包,跌跌撞撞地经过我身边,朝酒吧里面走去。似乎是去洗手间了。

我弯下腰,捡起帆布包放回到他的座位上。包非常大,且被里面的东西撑得很圆。会是什么东西呢?我想到保龄球,又马上因为这奇特的联想偷笑。

我又喝了几口酒,男人却还没回来,吧台上的帆布包越发惹眼。我是一个懂得分寸的人,但或许是这样的场合,或许是酒,让我肾上腺素激增,好奇心和行动力都有些不受控制。而且,不知为何,我生出了可能会和那个男人有所关联的预感。总之,我拉开了包的拉链。

包里有一双眼睛盯着我，吓得我发出一声低呼。我看看四周，确定没人往这边看后赶忙凑近了仔细瞧。

原来是一个大头娃娃头套，就是一些地方过年过节跳舞时戴的那种。虽说在光线昏暗的当下看来真的有些可怕，但也能看出做工精良。

那个男人大半夜的带这个头套来酒吧干什么？现在演出是不是太晚了？难道是表演结束后过来喝两杯？可看他刚才的打扮，身上没穿演出服，眼前的帆布包里似乎也只有头套，没有配套的服装。我百思不得其解，决定等男人回来问问他。

这大头娃娃本来是为了喜庆，可在我看来却有一种说不出的诡异。我正准备把包拉好，突然有人拍了一下我的肩膀。我吓得一哆嗦，回过头，看到身后站了一个瘦弱的小伙子。吧台的光恰好打在他的脸上，让我可以清楚地看到他的长相和表情。一张还带着学生般稚气的脸，挂着一副看似凶狠决绝的表情。并不需要太多的人生阅历，就可以看出他的那分凶狠是装出来的。

"嗯？"我想他是认错人了。

"时间差不多了，走吧。"他语气急促，但眼神飘忽不定，显然底气不足。

"愣什么？时间到了，拿着包，走。"丢下这句话，小伙子就像生怕再直视着我就会被我看穿一样，左右瞟了瞟，然后快步走出了酒吧。

我已能确定他肯定是认错人了，但他特意提到"拿着包"，恰好击中我的好奇心。鬼使神差的，我跟了出去。

没想到小伙子已走到马路对面。我横穿过柏油马路，午夜的街头没有一辆车经过。

"小伙子，你认错人了。"我喘着粗气说道。我这才看到他手上拎着一个黑色的塑料袋，被撑得圆鼓鼓的。

"你现在想反悔？这大半夜的，既然大家都出来了，再回头只会更难看。"

"不是，真的——"

他打断了我，压低了声音说："你记住，我们要做的不是什么犯法的事。"听口气，这话像是说给他自己听的。

他的话说到了我心里，今晚我若回头，确实只会更难看。我把星儿一个人留在酒店，是赌气之举，但我还没想好如何面对她，因此不想回去。这漫漫的后半夜要怎样度过还真是一道难题，老实说，以我目前的经济能力，临时去这个地段的某个宾馆消磨半晚，也很心疼。本来我还可以回家，但钥匙放在大衣口袋里，忘了带出来。

另外，我很好奇。

我从小喜欢推理小说，总会被书中的谜团或悬念吸引，一口气心无旁骛地看到结局。对我来说，当一个悬念出现在面前的时候，怎么可能还有心思做其他事呢？可能创作的种子在第一次读推理小说时就已经种在了我心底吧，以至于上大学的时候，后来工作的时候，我都会沉浸在制造充满悬念的故事中无法自拔，即便没有读者。

大学毕业后，我进入一家国企，工作稳定，但对我来说没有任何吸引力。不过当时我也没想好还能做其他什么工作，就浑浑噩噩地在那里做了好几年。要说收获也不是没有，就是那时的朋友介绍我认识了星儿。我自认在长相和人格方面都没有特殊的魅力可言，星儿愿意嫁给我，可能稳定的工作加了不少分。

也许正因如此，在我终于鼓起勇气为做自己真正想做的事而辞职时，却不敢对她说。我怕她不同意，怕她伤心，更怕她离开我……

我其实知道所有的利害关系，也不像星儿说的那么没有责任感。只是"悬念"对我来说真的太有诱惑力，我想为它疯狂一次。

那个大头娃娃还在我手里。它就像一个还没看到结局的故事一样诱惑着我，我知道今晚的发展已经脱离正常轨道很远了，但我还不愿就此放弃、回头。

"那……我们去哪儿？"我攥紧手里的包带，脑子里想的却是刚才的酒钱还没付。算了，下次带星儿一起去的时候补上吧。

下次，在这之前，今晚会发生什么呢？

"连去哪儿你都忘了吗？"

小伙子把黑色塑料袋往地上一扔，拿出里面的东西，果然也是大头娃娃头套，只不过是女孩版。

他把头套戴在头上，稍微调整了一下，瓮声瓮气地说："怎么样？"

我一时语塞。他倒也没在意，转过身说道："你也戴上吧，省得路上被人看见，之后再认出我们来。"说完就迈开步子走了起来。

我决定不再多想，依言戴上头套，顿时感觉头顶处有些压力，不过很快就习惯了。头套的眼睛部分是镂空的，我戴上以后这部分倒是正好对着眼睛，虽然视野范围有限，基本只能看到直线内的东西，但不影响走动。

我快走几步追上小伙子，问了一句："你叫什么名字？"

声音闷在头套里，听起来很奇怪，连我自己都觉得陌生。

小伙子突然靠近我，头上的女娃娃头套撞到了我的，撞得我一个踉跄。

"重要吗?"他回道。

"我叫梅寄尘,合作愉快。"虽然不知道接下来要干什么,但既然戴上了一对头套,我决定奉陪到底。

"我叫周天明。"

说完就传来一阵窸窸窣窣的声音,我慢慢转头看向他。只见他在衣服口袋里摸了一把,然后把手伸进头套,接着就发出清脆的嗑瓜子的声音。

"你一定要一直嗑瓜子吗?"

说这句话的时候,我们已经走了一段路,到了番禺路附近。番禺路离我家不远,但我与星儿都不经常去,我老是搞不懂这条路应该叫"pān禺路"还是"fān禺路"。上海的路名几乎都取自省份城市,番禺是广州的一个地方,按理说应该念"pān",但星儿跟我说在这里应该叫"fān禺路",然后就是一番争论。以前我们常因这类小事吵起来,彼此据理力争、互不相让,但我知道那不是吵架,更像是沟通。

要说真正的吵架和冷战,想来还真是在我辞职后不久才开始的。星儿到底是什么时候发现的呢?

我一路胡思乱想着跟在周天明身后,周天明没有回答我的问题,一个人走在前面,不时从衣兜里掏出瓜子,伸进头套,发出清脆的声音,然后把瓜子壳放进另一个口袋中。

又走了没多久,我的同伴明显放慢了脚步,似乎在四处观察。我便也四处看了看。视线马上被一家小店吸引,原因很简单,此时只有那里还透出灯光。

"应该就是这里了。"周天明停下脚步,手在裤子上拍了拍,说道。

这里？这家店？这是一家什么店？

我印象中这条街比较偏僻，即便是白天也没多少人，晚上更是人迹罕至。说实话，如果我开店，绝不会选在这里。现在应该快半夜了，这个时候还开着门，不可能是卖衣服的吧。

我想到《深夜食堂》那本书。我曾和星儿去过几次日本，半夜居酒屋的生意很好，但眼前这家店，屋外没有显眼的招牌，只能看到几块花玻璃和门口的布帘子，看着不像居酒屋。

周天明又迈开步子靠近小店，我急忙跟上。大概相距十几米的时候，有一个人从店内走了出来，站在门口，并看向我们这边。

周天明稍微顿了一下，似乎也在犹疑。但很快，他又迈开步子朝前走去。

一直走到跟前，我才看清店的名字：深夜咖啡店。

真是莫名其妙，我还真没见过深夜卖咖啡的，能有几个人来喝啊？

门口站着个看上去四十岁左右的中年男人，佝偻着身子，说道："两位，这里打烊了。"声音显得有点胆怯。

"大半夜的，打什么烊。"周天明的语气突然变得凶狠，并猛地伸手一推，中年男人毫无防备，跌跌撞撞地摔进门内。周天明也就跟着走了进去。

刚被推进屋的中年男人调整好脚下的平衡后瞪着我们，却没有还手。想必是周天明的突然袭击让他慌了神，摸不准我们是来干什么的。

出乎我意料的是，半夜三更来喝咖啡的客人并不少。

此时店内所有人都齐刷刷地看了过来，我被周天明的身子挡住，视线受阻，只能大致看到一共有三组客人。店面不大，装修异常简单，只有一个吧台和极简的操作面，吧台上除了竖着的菜单，还有一个水晶球，应该是装饰用的。店内的光源是分散型的，颜色和强弱恰到好处，既不会觉得特别刺眼，也不会暗到让人难受。

大半夜突然闯进两个戴头套的诡异客人，是个正常人都会觉得疑惑和恐惧。但不知道是不是我的错觉，总觉得那个中年男人看我们的眼神中，除了这两种情绪之外，还有恨意。再看其他几位客人，竟没人惊呼叫嚷或作势要走，大家只是盯着我们，好像有点……紧张。

这么晚了，特意戴着头套跑到这里来，应该不是因为这家店的咖啡特别好喝吧。其实我大概和这里的客人一样困惑，于是我也转头看向周天明。

周天明换了一下脚的重心，像是也有点紧张，接着缓缓开口道："不好意思啊，耽误你们打烊了，我们是来抢劫的。"

第四章

回到武康路上的工作室时,已经是下午时分。我一点都不觉得饿,一路上经过不少街边小饭店,也没有勾起我的食欲。

我走进工作室,看到员工们都在电脑前认真工作着,对他们来说,今天不过是普通的工作日,前一天的重复而已。

比如坐在离大门最近位置的张盛,连衣服都没有换。好像自从他到这里来之后,我只见过他穿两套衣服,夏天是米色短裤配上白T恤,脚上穿着洞洞鞋;冬天则是牛仔裤配黑色大衣,脚上还是那双洞洞鞋。

和他相反,小赵每天都打扮得很精致,看得出来连发型都摆弄过。我对衣着打扮没有太多讲究,但因为星儿爱逛街,我之前常常陪着她兜商场逛马路,间接知道了不少牌子。这个小赵,衣服裤子都是价格不菲的名牌,我这个工作室还处于创业期,给他开的工资并不高,我常怀疑他是个富二代,做这份工作纯粹是为了兴趣。

除了小赵和张盛,工作室里还有一个叫韩江雪的小姑娘。她和张盛都是从我创业开始就跟随至今的老员工,韩江雪主要负责古言和都市职场类小说,她平时话不多,不太聊自己的私生活,但工作极为认真,是签约作品数最多的员工。不过我估计她的业绩不久之后就会被小赵赶上,虽然小赵刚来不久,但已经和很多推理作家建立了很好的关系。

"主编,有位客人来找过你。"

我刚走进办公室,小赵就急忙跑过来,把一个信封塞到我手中。信封上印着一家律师事务所的名字,除此之外什么都没有写。

"谁啊?"

"一个很有气质的美女,说是姓李。"

"哦。"我淡淡地应了一声。

"主编你没事吧?"小赵嬉笑着问我,"你好像很慌张啊。"

"哪有。工作忙完了?"我故意装出威严的神情发问。

"忙完了。"

没想到小赵回答得这么痛快,反倒让我措手不及。

"那……你去看看张盛有什么需要帮忙的,上个月他一个选题都没通过。"

"现在谁还看武侠小说啊,没人看就没人写,神仙也帮不了啊。"

"我就爱看。你去关心他一下,这个月他必须有选题通过,不行就让你手里的作家改写武侠。"

"我哪有写武侠的啊,超能力的行不行……"

小赵抱怨着走了,我关上门,迫不及待地拆开信封。里面是一张通知函,大意是说我已经三个月没给李逐星生活费了,共计人民币两万四千元。

我真想把这张纸撕掉。

和星儿离婚之后,我将我们的房子卖掉,卖得的款项一分为二。还一时意气用事,承诺每月给她八千元生活费。这两年来,星儿一直住在她父母家，没有房租压力，吃喝不愁，每个月还能收到这笔生活费。反观我自己呢，开这家工作室几乎把所有的钱都用光了，房子卖掉了，我就直接住在办公室里。省吃俭用这么久，如今工作室慢慢步入正轨，手下也有了三名得力干将。每个月的收入虽然不多，但维持工作室日常开销之余也算能存下点，给星儿的八千块也一次没有落下。

可两个月前，为了与一家大型出版社争夺版权，我孤注一掷，把几乎所有的资金都压在了一本书上面。如今书还在制作过程中，但每月员工的工资、公司的运营费等可都等不了，我的存款都拿来填这些窟窿了，所以连着三个月没有给星儿生活费。本以为念着夫妻一场，她能体谅我的苦衷，没想到今天她却送来了一纸无情的通知函。

这种通知函，直接寄来就是，为什么还要亲自跑一趟呢？总不会是想我了吧，应该是想顺便看看我的工作室发展得如何。

正愁眉不展间，敲门声响了起来。

"请进。"

我连忙把通知函折好，见又是一脸无忧无虑的小赵走了进来。

"主编，还记得我早上跟你说的那个作家吗？"大大方方地在我办公桌对面坐下后，小赵开口道。

"什么作家？"今天发生了这么多事，我早就忘了早晨的谈话了。

"就是那个发来了手写稿，没写名字，只有地址的作家。我中午去跑了一趟。"

"哦，怎么样？"我心不在焉地问。

"非常有趣。"小赵显得很兴奋，"虽然作品有瑕疵，但问题不大。倒是那个作者本人，十分有意思，他——"

"小赵，我们做的是书。"我现在的心思根本就不在工作上。

"我知道，但书是人写的，能代表人的性格不是吗？"小赵还在侃侃而谈，"我有一个计划，先营销这个作家，因为他本身很有话题度。当他的知名度上去之后，再推出他写的书，这样肯定能火。"

"书是作家的名片，只有书带动作者的知名度，哪有作者带动书的销量的，这不是本末倒置了吗？我不否认市面上确实有这样的成功案例，但我们和他们不一样，我们只看重内容，内容才是王道！这一点，你上班第一天我就跟你说了吧。"

小赵点点头。

"再说，你把人捧红了，万一他找别的出版社合作了怎么办？万一他因为自己名气大了写书不认真了怎么办？这些都是问题。我们是创业公司，没有试错成本。听我的，好好做内容。"

小赵眨了几下眼睛，说道："好，我知道了。"

"还有什么事吗？"

"没有了，那我先走了。"

"等一下。"

小赵刚准备站起来，我叫住了他。

"什么事，主编？"

我犹豫了一会儿，不知该怎么开口。

"是这样的，小赵。你……来这边多久啦？"

"半年不到。"

"哦，那已经是老员工了。"

"主编，是半年不到。"小赵笑了，"阿盛和江雪都跟了你快两年了。"

"你比他们有实力。"

"这倒是的。"这小子居然痛快地承认了。

"经济实力。"

"啊?"

"呃,我是说……你已经有经纪人的实力了。"我盯着他的名牌西装,说道。

"这倒是的。"他再一次痛快承认。

"你觉得我们公司前景如何?"

小赵四下打量了一番我这破旧的办公室,面带微笑地坐下了。然后盯着我说:"老板,您有什么要说的,直接说吧。"

"这个……我有一个想法啊。"我躲闪着他的目光,斟酌着措辞,"我呢,肯定是不满足于只停留在这样一家小小的工作室上面的,以后我们会发展得更好,到时候搬去更有文化气息的老马路——"

"我相信会有这么一天的。老板,您想说什么?"小赵真诚地说道。

"所以,你愿意入股吗?"

"我愿意。"

"你愿意?"我怀疑他根本没听懂我在说什么,答应得太痛快了。

"入股嘛,当然愿意啦。和公司共同成长,多好的机会。"

"谢谢你的信任,但我不得不提醒你啊,入股是需要资金的,而且有风险。我们公司日后不一定会如何,就算能越做越大——"

"我已经说了,我愿意啊。"小赵保持着微笑,却又一次毫不留情地打断了我的话。

也好，我对上市、股权之类的概念一窍不通，真让我再说下去，可能会越扯越离谱。

"那你先交两万块吧，给你百分之一的股份。"

我随口说道，其实也不知道百分之一算多还是算少，反正当务之急是要到两万块。

"这么便宜，那我直接买百分之十吧，可以吗？"

"啊？"我难掩惊讶，瞪大眼睛看着他。心想，果然是富二代吗？

"你告诉我账户，我明天就打款。"小赵利落地说道。

"先签个合同。"我调整好表情，摆出老板的姿态。

没想到小赵笑了起来。我再次茫然地看向他，他站起身，收起笑容说："主编，我真的很喜欢这里。能自由自在地看推理小说，完全不用管现实生活中的烦恼。"

我嘴上应和着，心里却想，他年纪轻轻，而且看起来家底殷实，现实中能有什么烦恼呢？不过可以看出，他是真心喜欢推理小说，有好几次他在审稿的时候我经过他身旁，发现他完全专注在稿件当中，脸上甚至洋溢着幸福的微笑。

这个小赵，并没有把看稿子当成是工作，而是在享受。现在的年轻人真是厉害啊，我当时为了喜爱的推理小说，可是牺牲了……

想到这里，我脑中忽然闪过小唐警官的脸，她说起不可能坠亡的话题时，眼神中也是与工作无关的纯粹的激情。

"小赵，你有没有见过这样的谜面。"我不自觉地脱口而出道。

"什么谜面？"

"不可能坠亡。"

小赵的眼睛亮了一下,扶着椅背,躬身说道:"你是说经典的推理作品,还是我有没有审稿审到过?如果是国内外的经典作品,我随便就能举出很多例子,比如岛田庄司的——"

"等等。"我连忙打断他,"我想问的是,你觉得哪些诡计可以运用在现实中。"

小赵站直了身子,摇了摇头,道:"都不行啊。主编,你是不是遇到什么事了?"

"还记得吃早饭的时候,我们听到的那起杀人案吗?"于是,我跟他描述起周天明的命案来,当然重点全部放在了公寓内坠亡的谜团上。关于我与周天明的关系,我只说是一个失联已久的旧友。

一般人都认为喜欢看推理小说的人,必定也对现实中的罪案有十足的好奇心。但小赵却一直把江户川乱步的一句话挂在嘴边:"现实中发生的杀人案令我作呕。"他坚持认为推理小说是一种文学艺术,是想象力,一旦跟"可行性"和"现实"扯到一起,就会像被捆住翅膀的天使,和常人无异。可是在我诉说周天明被害现场种种不可思议之处时,他却十分专注地听着,不仅没有不耐烦,还主动问起一些现场的细节。

"我没去过现场,不知道一些细节。不过,怎么样,小赵,你有什么想法吗?"

小赵沉吟片刻,说:"一般这种不可能坠亡,肯定是通过高低差实现的,简而言之,法医说周天明是从十几米的高空坠落而亡,那他就是从十几米的高空坠落而亡,这一点毫无疑问。只是这个高低差,后来消失了。"

"怎么消失?"

"很简单,举个例子。一个人摔死在高楼的房顶,但附近没有比这幢楼更高的建筑了，那他就是从飞过的飞机上落下来的，或者是被龙卷风卷过来的。而飞机和风，会离开会消失，最终就只留下一个匪夷所思的案发现场了。我认识一个作家，声称自己是诡计流，要把推理小说带回古典黄金时代。他写过一个不可能坠亡的诡计，是凶手在大楼旁边用雪搭了一个更高的平台，摔死人之后，雪融化了。"

"这位作者你签下了吗？"我有一种不祥的预感。

"签下了，这本书已经在校对了。"

我发出一声悲鸣，不过到了这种进度，我决定不去理会，把注意力拉回周天明的案件。

"在这起案子里你说的这个可能性不大，因为周天明不是在开阔地坠亡的。你也见过早餐摊对面的那幢居民楼吧，层高普通，人站在屋子里，头顶上就是天花板。就算有飞机或龙卷风把人从上空抛下来，也无法抛进房间啊。"

"嗯……还有一种情况，就是案发现场可以升高或降低。"

"这个没人写了吧？"

"我手上没有。"

我松了一口气。

"这种情况也不用讨论了，那幢老房子连电梯都没有，更别说随意改变房间高低了。"

"那里确定是案发现场吗？会不会是在别的地方摔死，再运过去的呢？"

"警察说，根据地板上的痕迹和血迹什么的，基本可以确定那里就是第一现场。"

小赵盯着桌面沉默了一会儿，然后说："一时半会儿真想不出其他可能了。不过不管凶手用的是什么方法，现场肯定会留下痕迹。"他露出笑容，开朗地补充道，"主编，朋友去世你一定不好受，这几天休息休息吧，接下来马上是场硬仗。案子交给警察吧，现实中哪儿有什么高智商犯罪，只有高科技破案。"

我也嘻嘻笑着应付了过去，小赵就出去工作了。

办公室里又剩我一人，我看看桌上的信封，心里默默感谢小赵。然后做了个决定。说得没错，犯罪的手法或许可以交给警方破解，但现场，我还是要去。

我要去搞清楚，小李为什么要伪装成周天明在那里生活。

周天明，不，小李的公寓在四楼。尽管楼下的警戒线已经撤了，但案发现场四〇二室紧闭的大门外依然绷着几条交叉的警戒线。这幢公寓楼一梯两户，四〇一的门也关着，我想起小赵关于高低差的想法，决定先不打扰这户人家。

水泥楼梯很窄，勉强能容纳两个人同时通过。扶手锈迹斑斑，别说扶着了，连摸都不想摸。

我上到五楼，发现五〇二室没有装门铃，门上贴着的对联已经褪色，不确定里面是否还住着人。我敲了好几下门，门开了，一个胖乎乎的大妈探出头，一脸警惕地盯着我。

"你找谁？"她恶狠狠地说。

"我……我找李逐星。"我也不知道为什么，情急之下想随便拿个名字当借口，居然就说出了星儿的名字。

我透过门缝朝里看去，看到沙发旁边摆放着几个蓝布袋子，还想再看看其他方向，视线却突然被大妈挡住了。

"找错了。"说完她就要关门。

我赶忙伸进一只脚，卡住门缝，同时没话找话地搭讪道："我看你在整理东西啊，要搬家？"

"关你屁事。"说完她推了我一把,不客气地关上了门。

我又在门外听了一会儿,里面没有任何动静,只好悻悻地往楼下走。一边走一边心里琢磨着,总觉得刚才那位大妈眉宇间有几分眼熟,看起来不过四十岁左右,烫着卷发、体形微胖——不过说起来,大妈好像都这样。

可当我再回到四楼时,警戒线内的大门却打开了。我愣了一下,就看到一位穿着制服的女警弯腰钻了出来。

"梅先生,你怎么在这儿?"女警脸上也是藏不住的惊讶。

"哦,是唐警官啊,我……"明明没做什么坏事,我却像被抓了个现行一样语无伦次,"我没事……"

唐警官比大妈友善多了,她笑着说:"是想看案发现场吧?"

"是的。"我干脆承认道。

"不过能不能进现场我做不了主,要不你跟秦队说说吧。"

"啊,那我就不添乱了啊,先走了。"听到"秦队"两个字我就头疼。

"这就走啦。"熟悉的声音传来,秦队也钻过警戒线走了过来,"你是目前为止唯一声称和周天明有关系的人,我们可都指着你呢。"

不知道是不是我的错觉,总感觉秦队看向我的眼神怪怪的,语气也有点阴森。

"我知道的都告诉你们了,破案还得靠你们警察啊。"我尽力搪塞着。

秦队笑了笑,脱下白手套,摆出一副要长谈的架势,又开了口。

"我听说梅先生喜欢破案的小说,又是做书的,可不简单啊,脑子好。你们公司主要做的也是这类小说吗?"

"我那只是一个小工作室，做的主要是类型小说，不仅是推理，言情、武侠也做。"

"哦。"秦队点点头，"你和周天明是因为推理小说认识的，看你的样子，也对破案很感兴趣吧？"

"嗯，确实，我喜欢读推理小说，对现实生活中的谜案也很感兴趣。"这一点没什么好隐瞒的。

"那太好了，梅先生。"秦队的高兴看起来像是发自肺腑的，却还是让我提心吊胆，"反正你也看到了些，周天明这件案子呢，很玄，很像你们那些什么小说中写的。我做了几十年刑警，高智商犯罪也不是没见过，但这么奇怪的现场还是第一次见。我太希望梅先生来协助我们了，可惜啊，上头有规定，非警方人员不能进入案发现场。"秦队说着，摊开双手瘪了瘪嘴。

我顺势说道："理解理解，那我先告辞了……"

刚迈开脚步，去路却被秦队的身体挡住。这位中年刑警已收起笑容，不大的眼睛闪着利刃般的寒光，神情冷酷得仿如石像。

"麻烦你先告诉我们，昨天晚上十二点到凌晨一点之间，你在干什么？"

我终于反应过来，原来秦队把我视作犯罪嫌疑人了。其实我早该想到这一点的，主动找警方攀谈，千方百计探听案情，事后又重返案发现场，我简直就是教科书式的凶手啊！但因为知道自己不是凶手，我就从来没有往这方面想过。

我有些着急了。"秦队，你这是什么意思？是在怀疑我吗？我和他已经两年没见过面了，有什么理由去杀人……"

秦队摆了摆手。

"梅先生你不要激动，例行询问而已。再说了，如果你有不在场证明，不就能证明清白了吗？"

这是什么话！那如果我没有不在场证明呢，就说明我是凶手了？

我心里很不是滋味，气鼓鼓地说："我在睡觉。"

"在哪里？"

"家里。"

"家里？"秦队冷笑道，"据我所知，你离婚后就没有家了。"

他居然连这都知道了？我感到额头上沁出了一层细汗，没想到警察竟在这么短的时间内调查到这么多信息。

"工作室就是我家。"

"这么说来，昨天晚上十二点至凌晨一点，你在工作室里睡觉。有人能做证吗？"

"没有。"

"哦，没有。"秦队摸着下巴看着我，我不敢看他那严肃的脸，担心他随时掏出手铐把我铐上。过了一会儿，秦队突然换成聊天式的口吻，问："梅先生，你看过很多推理小说，想必知道不少稀奇古怪的杀人手法。让一个人在一个小房间里摔成那副样子……你肯定有办法做到的吧？"

他这句话让我更加不爽了。这根本不是例行询问，而是已经认定我是凶手，开始审问一样。

"抱歉，我毫无头绪。"我冷冷地回答道，心里只想快点离开这里，离这个秦队越远越好。

秦队却依旧盯着我的眼睛，说："说起来，周天明家里的地板看起来很新，应该是最近刚换的。一个单身男人，房子是租来的，看起来也没什么钱，为什么突然换家里的地板呢？"

"我已经和他两年没有联系了，这我真的不清楚。"

"哦，是吗？可据我们掌握的线索，梅先生正巧最近去逛过建材商场。"

我由衷地佩服警方的调查手段,可他们搞错了。

"秦队,我去建材市场是想重新装修一下工作室,改善工作环境,和周天明没有一点关系。"我老实说道,"关于这一点,你可以去问我的员工。"

"我会问的。"

"那劳烦你们好好问问他们,搞清楚我最近都在忙什么。不瞒你说,最近我工作室有大项目,我忙得觉都没空睡,刚才是刚好经过附近,就想着过来凭吊一下老友。结果被你拦下,害我接下来的会都要迟到了。"我忍不住了,想离开这里、想逃离逼问的念头逼得我就要爆发了。

秦队笑着迎向我愤怒的目光,那笑容让我难受。

离开不通风的狭窄楼道时,我感觉到衣服已被汗水粘在背上了。

之后的几天像是应了我在秦队面前说出的话,稿件像是商量好了似的一齐涌来,连张盛都把拖了半个月的稿子交了,真的忙得连觉都几乎没睡。白天开会、联系作者、出版社,策划营销活动,晚上审稿、改稿,办公室的窗帘就像从来没拉开过。

我被这些工作上的事情包围着,心里却没有太多兴奋的感觉。有一次从噩梦中醒来,浑身颤抖,都不知道是什么时候睡着的。然后喝了口水,继续工作。还有一次看稿看到一半,推门出去想抓小赵商量,却发现办公室里漆黑一片,这才看了看表,发现是凌晨四点。当时我就站在办公室门口,望着一片黑暗,心想:会不会这段时间的努力到最后是一场空呢?接着,一种说不清道不明的无力感涌上心头。

这样的日子持续了五六天，桌上积压的稿件终于处理得差不多了。这天中午，我想起之前韩江雪联系了一个电视节目，可以帮那本即将上市的主打作品做宣传，具体的合作内容需要我亲自去电视台聊一下。

我赶忙冲了个澡，找出一套衣服换上。出发去电视台前，我又把办公桌稍微整理了一下，于是再次看到星儿送来的那封催款信。心怀无奈，我掏出手机打开了网上银行，想看看可怜的余额。没想到竟看到有一笔十万元的汇款入账，备注写着一家电子商务公司的名字。很显然这就是小赵的钱，但这家公司是怎么回事？找时间再问他吧。我先赶忙把连同这个月共四个月的生活费一起转到星儿的账户，有些心痛，为一段已经结束的感情持续割肉，其实是一件很残忍的事情。

不知怎的，这时我的脑子里闪过一个念头，也许是"已经结束的感情"这个念头给予我的灵感。

被害者小李，我连他的全名都不知道，更别提与他有关的人了。不不，其实我知道一个和他有关的人，只是一直忽略了。这个人我不仅认识，而且有她的电话和微信。我与她之间的关系也是"已经结束的感情"。我有把握，只要我约她，她就会出来和我见面的。

想到这里，我连忙调出手机通讯录，找到"顾思义"，深呼吸了几次，拨了过去。

电话里传来"嘟——嘟——"的声音，我已经好几年没打过这个电话了，没想到还能打通，这让我更加紧张。我突然感到口渴，但又怕电话在我嘴里含着水的时候接通，于是一直忍着，直到听到忙音。

我不敢再打一次了。坐了一会儿却又觉得不甘心，于是打开微信，找到了她。她的微信头像是自拍照，一年中有那么几次我会偷偷点开看一下。但她从来不发朋友圈，所以我也看不到什么。

我花了很长时间编辑了一条信息，字斟句酌，怕她会错意，仿佛面对的是重要的稿子。终于，我写出了满意的短信，恨不得拿去申请"微信诺贝尔奖"。

又反复研读了三遍之后，我按下了发送键。马上就收到了回复，提醒我还不是对方的好友。

我有点愤怒地把手机拍在桌面上，也不知道是在对谁发火，对顾思义吗？未免太不公平，我最后一次见她是在两年前的咖啡店，而她最后一次看到我的脸，距今已经三年多了。这个时代，三年时间能发生多少事情？

用推理小说里的术语讲，线索断了。

和电视台约的时间是两点，这会儿已经一点多了，我想起今天连早饭都没吃，现在看来也来不及吃了，还好并不感觉饿。临走前我又看到洗手间台盆上有一盒男士发蜡，心想这一定是小赵带来的，便不客气地涂了一点在头发上。

到那边没有直达的地铁，我懒得转线，于是走了几步路，到武康路上的911公交车站坐车。车子很快就到了，五站之后，我从思南路下车，往上海电视台方向走去。

这是我第一次因为工作的缘故造访电视台。我认为，一本书如果内容足够优秀，自然会获得应有的关注，并不用作者或编辑抛头露面地宣传。可那本即将上市的小说对我们工作室来说太重要，所以我没有拒绝韩江雪联系的这个合作。

走了一会儿就看到电视台的大厦了，可能是因为刚联系过顾思义，大学时我和她一起来电视台的回忆又浮现在脑海中。那时星尚频道还叫"生活时尚",他们推出了一个叫"互动点点吧"的节目,观众随便出一个价格发到指定地址,最后看谁发的价格是唯一最低价,便能以这个价格买到一件商品,还可能是电脑或手机这种。我也参与过几次,都是瞎蒙的,什么一块三毛一,五毛二分这种,当然从来没有中过奖。这个游戏看似简单,其实特别难,那么多人中,要做到你发出去的价格正好是唯一且最低的,概率简直堪比中彩票。

当时顾思义研究出了一个作弊方法,或者叫"必胜的方法",那就是从一分钱到二十元之间,每多一分都发一次。这个方法固然能保证中奖率在八成以上,但耗去太多时间不说,还会花费很大一笔短信钱。要知道,给这种官方的号码发短信,是一元钱一条,到最后,可能短信费都高过奖品的价值了。我不屑一顾,准备给顾思义算一笔账,没想到她却掏出一张SIM卡,说:"不用钱。用这个卡,给官方发短信不用钱。"

在我看来那不过是一张普通的联通电话卡。在上海一般都用移动卡,用联通的不多,但也只是不多,怎么还不用钱了?

"为什么?"我问。

"这张卡已经欠费停机了。但是这种联通的卡,在停机之后,还可以给官方号码发短信哦。一张SIM卡的成本是二十元,但可以无限给官方发短信,也就是说,只要我时间够,启动资金只需二十元,就能每天从节目里换个新手机啦。"

我不知道该说她聪明还是狡猾。

停机了还能给官方发短信这事我确实听说过,因为当时只能通过打电话或发短信的方式给手机充值,如果手机欠费停机,连充值的短信都发不出去的话,就陷入悖论了。可是,利用这一点来给电视台发这种竞猜性质的短信,真的不会被发现吗?对这一点我将信将疑。

结果是,一段时间后,"互动点点吧"节目就修改了规则,很快,这种在欠费状态仍可以无限给官方发短信的联通卡也停止发售了。但在此之前,顾思义已经靠这个方法赚取了一台惠普笔记本和两部新手机。其中一部诺基亚手机是我陪她去电视台领的,看着她大大方方地向工作人员展示短信和身份证,我却羞愧难当,生怕被人当场抓住。

事后我问她,这个方法的命中率那么高,为什么只中了三个奖?

"你傻呀?每天都是我去拿奖,电视台的人很快就发现了。我挑了三个最值钱的。"

那个时候开始,我就觉得顾思义并没有我想象中那么单纯,她甜美的外表原来只是为了隐藏狡黠与冷酷,懒散却聪明,使她总能在规则允许的范畴内,以最轻松的方式获得利益。我早就知道,大学毕业之后,我们会走向不同的道路,变成不一样的人,彼此的感情也会很快稀释。

果然如我所料,虽说大学毕业后我和顾思义的恋爱关系又持续了一段时间,但感情日渐淡薄,只是勉强维系罢了。

这么想着,不知不觉间我已来到上海电视台的大门前。在保安处登记了姓名、领了张嘉宾证,我光明正大地走进了电视台。

合作谈得很顺利。那位作者的名气出乎我的意料,节目组很快就答应书上市后,邀请她以嘉宾的身份参加一档谈话节目。那个节目的主持人我很喜欢,胖乎乎的,戴着眼镜,这么多年了样子也没有什么变化。

走出电视台,我的精神陡然抖擞了一些,我很期待即将到来的繁忙工作,今年绝对是工作室飞速进步的一年。

我站在电视台门口点了一根烟，外面的风不小，感觉没抽几口就到头了。我正准备再掏一根，忽然听到有人叫我的名字。

"梅寄尘？！"

我疑惑地扭过头，发现了声音的主人。她活泼地跳到我面前——居然是顾思义。

"你、你怎么在这儿？"

"什么你啊你的，是不是忘了我的名字了？"顾思义有了不小的变化，人更瘦了，但看起来更精神，不知是不是化妆的缘故。她整个人裹在一件长长的羽绒服里，小腿却光着，露在外面。

"没忘。"措手不及间，我居然有些羞涩，"思义，你怎么在这儿？"

"我来录节目啊。"

"录节目？哦对，你是明星。"

"嗨，谢谢你的祝福吧。"她摆摆手，甜甜地笑着，"你呢，你怎么在这儿？"

"我过来谈个合作。"

"合作？和电视台？"她的眼睛亮了一下。

"是啊，他们邀请我的一个作者来录节目。"我有点骄傲地说。

"什么节目？《可凡倾听》？"

"签了保密协议的。"

"可以啊，梅寄尘。"她非常自然地拍了一下我的胸，不见一丝尴尬，"看来你公司做得不错啊。"

"哪里，混口饭吃。"

"在门口抽烟哪，也给我一根吧。"顾思义突然说。

"你什么时候开始抽烟了?"我虽惊讶,还是抽了两根烟出来。

"忘了。"她拿走一根,接过打火机,娴熟地点燃,吸了一口,"和谁分手后吧。"

不知道说什么时,我都会感谢香烟的发明者。

我们就站在电视台门口一起抽烟。她不时看看我,却没再说话。我有很多话想问,但就像塞满了球的瓶子,想倒出来的时候,都挤在瓶口,一个都出不来。我总觉得我们已经疏远到陌生了,没想到真的见面后,还是有一种说不清道不明的亲密感。

就在几个小时前,我还因为被她拉黑了而苦恼。现在这么巧碰到了,我决定主动一点。

"你午饭吃了吗?"

"大哥,现在已经四点了。"

"那你要不要吃晚饭。"

"当然要啊。"

"你想吃什么,我请你。"

"改天吧,今天我被人约了。"顾思义朝电视台大厦的方向抬了抬下巴,"今天一起做节目的一个嘉宾。"

"那……"

"他还在录呢,估计没两个小时好不了,等着也无聊,你请我喝咖啡吧。"

她噔噔噔跑了几步,在一个垃圾桶的灭烟处掐灭了烟。

"听说你离婚了?"

几口咖啡之后,顾思义这样问道。还好我的嘴被杯子挡住,咖啡都喷回杯子里了,她应该没有发现我的失态。

"你哪儿听说的？"

"听别人说的喽。"

"是何烨说的？还是小梦？"

"别猜了，我不会告诉你我的情报来源的。"她调皮地眨了眨眼，做这个动作时我仿佛又看到了之前我所熟识的顾思义，"怎么，心里想着我，被你老婆发现啦？"

我真是搞不懂，几年没见的前任，按理说相处起来会很尴尬，可她却若无其事地说着调情的话，也不知道是心大还是意有所图。

"性格不合吧。"我敷衍道。

"果然是这样，我早看出来了。"

"你看出什么了，我这是随口胡诌的理由啊。"我哑然失笑，"结婚离婚，都不可能仅仅因为一些形而上的理由吧。"

"你别说，还真这么形而上。"她放下咖啡杯，认真地看着我，"你看啊，你的名字叫梅寄尘，对吧？"

"记性真好。"

"少贫嘴，听我说。"她嗔怪道，"梅兰竹菊四君子里，梅可是排第一的，可你的名字呢，却是寄尘，明明很高贵，却要把自己埋在土里。再看看你老婆的名字，李逐星。"

"前妻。"我打断道。真不知道她什么时候连星儿的名字都打听到了。

"同样是植物，李再平凡不过了，这个姓氏也是中国的大姓，可她却有逐星之志。所以我一听说你老婆……对不起，前妻的名字，就知道，你们啊，性格不合。"

真是一派胡言。

"这么看来，我下次再谈恋爱，得找你算个命了。"我戏谑道。

"那得收费。"

"哈哈哈，你还是那么爱钱。"话一出口我就后悔了，现在我和她的关系比陌生人还要脆弱，怎么会脱口而出这么无礼的话。都怪顾思义一开始就把气氛搞得一片和谐，让我有点忘乎所以。

没想到她并不在意。"当然，谁不爱钱？"

这么一想也是，即便是星儿那种人，也会为了我送的礼物不值钱而发脾气，也会在意我每个月有没有给她生活费。

"你记得吗，上大学的时候我特别爱买打折的东西，明明知道打折的要么是瑕疵品，要么过季了，但价格优势大于一切，觉得不买就亏了。"

"我记得。"我还记得她骗电视节目奖品的事儿呢。

"后来我的观念转变了，与其盼望被施舍的促销，不如自己主动多赚点钱。如果赚的钱比原来多一倍，那不就等于所有商品都打了对折吗？"

"所以你才会傍大款啊？"

我又一个不小心，脱口而出。

顾思义看着我，眨了几下眼睛，然后说："你怎么知道的？"

"听别人说的。"我现学现卖。

"我都快忘记他了，真怀念啊，我们还经历过一些……有意思的事情呢。"顾思义的眼神飘向窗外，正好有一个打扮时髦的姑娘牵着一条大狗走过，大狗不时追逐路边的落叶，姑娘显得很费力。顾思义就这么直直地看了一会儿，才接着往下说："他叫宋瑜，自称是个儒商，却半本正经书都没读过，看的都是些什么商场成功学。"

她轻轻笑了一下，像个调皮的孩子。

我默默把宋瑜这个名字记在心里，问道："你们怎么认识的？"

"算命认识的。香港明星不都特别流行算命吗，星运不济还会让大师给改名。我也去试了一下，结果那个台湾大师说我名字挺好的，多行善事，日后必有回报，我想这哪儿是算命啊，活脱脱在受教育。"

"我看你挺信的啊，抽完烟还特意把烟屁股扔垃圾桶里。"

"习惯了，多走几步路的事，我还消耗卡路里呢，算不得好人好事。"顾思义喝了口咖啡，接着说，"宋瑜也是那个台湾大师的客户，一来二去，见过几次，就认识了。他比我厉害，谈恋爱那几年，匿名资助贫困山区的小孩，光我知道的就花了好几十万呢。我老吐槽他之前赚的肯定都是亏心钱，他也不否认。"

"他做什么生意的？"

"房地产？"顾思义不是很确定，"还是二手车？具体我不知道，没问过，好像什么都做。一开始我可没打算跟他结婚呢，后来时间久了，这些最基本的问题也不太好问出口了。"

"你们分手了？"

"分了好几百天了，怎么，想趁虚而入？"

顾思义比大学的时候更加活泼开放，让这几年越来越闭塞抑郁的我有点难以招架，我只好扯开话题："你们怎么分手的？"

"扫不扫兴啊你。"她把垂在脸颊的长发拨到耳后，喝了一大口咖啡，"我都不问你怎么离婚的，你怎么追着我问。"

"对不起。"

"我想听的又不是道歉。"顾思义叹了口气，说，"算了，说说你吧，我听说你创业了，没想到搞得挺大啊，都跟电视台合作上了。"

"谈不上大，我那是文化传播工作室，打交道的无非也就是这些圈子。"

"可以啊。"她好像是由衷地在替我高兴，"赚钱吗？"

"凑合吧，每个月有点进账。"比如，前两天刚借来了十万块。

"挺好的。"

"是啊，挺好的。"

我们陷入沉默，杯子里的咖啡已经喝完，我犹豫着是不是该开口聊聊小李。

顾思义没有变，聪明、活泼，而且更加直接干脆了。刚才给她打电话、发微信时我只是想探听些消息，现在我想，或许还可以借助她的智慧。

"思义，小李死了。"我打定主意，直接挑明。

如我所料，她瞪大了眼睛，难以置信地看着我，喃喃说道："好可惜……这么年轻。"

"是啊。"

"我还挺喜欢看他的电影呢。"

"对啊，他的——什么，他是演员？"我惊讶地问。

"你不是说小李嘛，《泰坦尼克号》我们还是一起看的呢。"

"不是这个小李，是另外的小李。"

"另外的小李……"顾思义重复了一遍，终于意识到我在说什么了，眼睛突然睁大，看着我说，"你……"

"很抱歉瞒了你这么久。"想要获得线索，只能把她变成同伴，而想要把她变成同伴，只能先将一切和盘托出，"你还记得两年前的一个晚上，在一间咖啡馆里，有两个戴着娃娃头套的人说要抢劫吗？我就是其中之一。"

顾思义微张着嘴，突然"扑哧"一声笑了出来。

"傻瓜,这我早就知道了啊!"
这下,轮到我瞪大眼睛看着她了。

第五章

周天明从衣兜里掏出一把枪,带出了几粒瓜子。

"这位兄弟……应该是兄弟吧,虽然你戴着女版头套。"

我看向说话的人,是一个胖乎乎、梳着油头的中年男人。西装敞开着,白色衬衫的下摆并没有扎进裤子里,看起来邋里邋遢的,脸上却依然保持着镇定。

"你有什么事?"周天明像一个服务员一样礼貌地回答道,没有一点劫匪该有的气势。

"是这样的,你们是要抢劫咖啡店,对吧?换句话说,抢劫的对象是这家咖啡店,对吧?"

"是啊,我说得不够清楚吗?"

"那问题就简单了。我是这里的客人,还有我身边的这位女士,也是这里的客人,和咖啡店没有关系。兄弟,我们就先走一步了,你们慢慢抢劫,省得我们碍事,对不对?"

"可以啊。"周天明堵在门口,"从我身上跨过去。"

"这……不太好意思吧。"胖子说。

"他的意思是,不放我们走。"胖子身旁的女伴说。

呆若木鸡的我听到这一声突然心里一紧,这个女人的声音我特别熟悉,但被周天明挡着看不到脸。于是我拍了拍周天明的背，明显感觉到他颤抖了一下，然后往屋里迈了几步。

果然，一直躲在胖子身后的女人，竟是我的前女友顾思义。

本来在周天明掏出枪时我就打定主意趁机溜走的，但顾思义的出现，让我犹豫了。我无法一走了之。虽然我现在已经成为别人的丈夫，她看起来似乎也已经成为别人的女友，可在我心里，顾思义就是有不同的意义。

不，我绝对不能就这样离开。不仅如此，拿枪对着她的周天明变成了我的敌人，我要想办法阻止他伤害她。

跟在周天明身后走进去之后，我迅速环视了一遍店内。这家咖啡店不大，靠窗的墙边有一排吧台座，然后有三个小桌分散摆放，桌边的座位和收银台之间隔着一道空当。顾思义和胖子坐在靠近空当的位置，看两人的举止动作，应该是情侣。再往里坐着一个年轻人，正焦急地看着挡在我们面前的中年男人。除了这四个人之外，吧台边还站着一个短发女性，她看起来四十岁左右，穿着职业套装，应该是一个干练的上班族。

这时，挡在我们面前的中年男人突然换上一副讨好的脸色，说："这是什么整人的电视节目吗？"说着四处走动，像是在寻找隐藏的摄像机。

"老李。"远处桌子旁的年轻人轻拍了一下桌子，"你想上电视想疯了，赶紧回来。"

被叫作老李的中年男人居然听话地走到了年轻人旁边，在椅子上坐了下来。看来他不是这里的老板。

我仔细端详着两位，年龄相差不会超过十岁，所以不可能是父子；从长相看也不太可能是兄弟。年轻人穿着一件羽绒服，被叫作"老李"的男人则披着一件军绿色的大衣，两人的衣襟都敞开着，可以看到里面是同款卫衣。

"难道不是吗？抢劫犯戴这种面具，简直比我们还搞笑啊。"老李摩挲着下巴上的胡茬儿，自信地看向我们。

周天明的枪口牢牢地锁定老李，并且朝他的方向走了一步。年轻人露出紧张的神情，抓着老李的大衣袖子。

"小李，你还真被吓住了啊。我跟你讲，我以前在电视台的时候，见过……"

老李一边说，一边站起身，就要迎着周天明而去。情急之下，我大喊一声："站住！"

老李果然站住了，所有人的目光都集中在了我身上。顾思义从胖子身后探出半个头，皱眉凝视着我，虽然有头套的保护，但我还是担心被她认出来。从我们俩进来后，始终站在吧台边的那位短发女士此刻也微张着嘴看着我。

我逐一扫视过老李、小李、胖子、顾思义和短发女士，奋力思索着该说什么话。刚才出声只是一时冲动，我怕周天明真的从枪里射出一粒子弹，那场面就真要不受控制了。

"我……"我搜肠刮肚，想不出妥帖的话，只好如实说出真实的感觉，"我饿了。"

"你早说啊！"胖子用手背抹了下额头上的汗，另一只手朝老李摆了摆，示意他坐下，"我还以为你们想谋财害命呢，搞了半天是饿了啊，你说你搞这么大动静，真是民以食为天啊。"

周天明手中的枪虽然还指着老李，但头套正面扭过来冲着我。这让老李也没那么紧张了，笑嘻嘻地坐到小李身旁，说道："这大半夜的，确实容易饿啊。"

小李甚至还跷起了二郎腿，像是在看戏一样。

唯独吧台边的短发女士，一言不发，但始终保持着警惕。

"我朋友饿了，有什么吃的。"周天明语气冷静。

没人答话。

胖子突然从椅子上站了起来,说:"兄弟,你找错地方了,这是咖啡馆。饿了应该去——"边说边往店门口蹭。

"站住!别动!"周天明的枪口转而对准了胖子。

"我没动啊。"胖子耍赖一般地说着。

我看着他一只手牵着顾思义,恨不得打他一巴掌。

"我再说一遍,别动。"周天明倒是不激动,语气始终冷静。

胖子没再搭腔,站在原地。那边的老李突然开口。

"你到底想让我们干吗?"

周天明没回答,往后退了一步,枪口在胖子和顾思义眼前晃了几下,说:"你们两个,和他们坐到一起去。"

胖子转头看了看角落里的老李和小李,说:"坐不下,太挤了……"

啪嗒。

是打开枪上保险栓的声音。

胖子马上牵着顾思义飞奔到角落,挤到老李他们旁边。

"你们谁是老板?"周天明又问。

还是没人搭腔。

老李抬头看天花板,小李则垂头看地板,似乎分工明确地在求天求地。胖子和顾思义缩成一团,像是在向彼此祷告。

吧台边的短发女士打破了沉默。

"我是这里的老板。"

我和周天明被这句话吸引,纷纷看向老板。

我所见过的咖啡店的老板大多戴着围裙、身着便装,可眼前的女性规规矩矩地穿着体面的正装,像外企的上班族一样。

"你是老板?"

"我是老板。"她重复了一遍,"你们到底想干吗?"

"我朋友饿了。"周天明早已把枪口移向了老板。

"我这里是咖啡馆,只卖咖啡,没吃的。"

"不是有牛排吗?"周天明指了指吧台里面的台子,那里摆着一个盘子,上面有大半块牛排,盘子边还有一支银色的叉子。

"你们到底想干吗?如果想要钱,我给你们,拿了赶快走,我不会报警的。"

我看到老板的双手交缠在一起,指甲做得很漂亮,长长的,上面有很多装饰。此刻她毫不怜惜地拨弄着上面的装饰,我知道,她心里一定很紧张。

"我说了,我们是来抢劫的,但目的不是钱,也不是你们的性命。你们只要乖乖配合我的要求就行了,天亮之后,我们就会离开。"

"不要钱,也不要命,那你们想干吗?"老板眯起眼睛,手也不再拨弄指甲,我觉得这一瞬间她的情绪发生了变化。

人的情绪是不断波动的,特别是在极端情况下。周天明的行为一再超出众人的想象,甚至像一场恶作剧。我也不知道周天明葫芦里卖的是什么药,他掏出枪的那一刻我也被吓了一跳。对"同伴"不明所以的我此时却预感到其他人的态度正发生变化,似乎正无声地密谋着什么。

这让我十分紧张。如果他们突然反抗,我该怎么办?要去把枪抢过来吗?我们会被这群人制伏吗?然后被扭送到派出所?到那时顾思义不会知道我是为了救她才铤而走险,而是会认定我是个走投无路的抢劫犯。

我看了看角落里的四个人,小李跷着的二郎腿早就放了下来,像是为了缓解紧张,腿始终在抖动着。老李则面无表情地看着我们这边。胖子虽然看上去明显惊慌失措,但还是用肥胖的身躯尽可能挡在顾思义前面。

至于顾思义,她居然没有看周天明,也没有看被枪口指着的老板,而是直勾勾地望向我。和她眼神对接的时候,我心里一慌,好像已经被她看出头套下的真实身份。

我连忙扭头去看周天明,我觉得他不是疯子,甚至不是什么坏人。虽然没什么证据,但他给我的第一印象不坏。

"我只要你们好好地待在这里,直到天亮。"我似乎听到周天明笑了,"还不明白吗?我们啊,抢劫的是诸位的时间哦。"

包括我在内,所有人都目瞪口呆。

老李清了清嗓子,最先说话了。

"小李,我说他们是在拍搞笑节目吧,有意思。"

"有什么意思啊,时间不是比什么都宝贵吗,这是我见过的最凶残的抢劫了。"小李哭丧着脸,"虽然我只见过这一次抢劫。"

"这个节目效果很好,我想看到这一段的观众朋友们一定在哈哈大笑吧。摄像头在哪儿呢?"

"也许那把枪就是摄像头。"

"怪不得他老是把枪口移来移去,小李,原来是在捕捉我们的特写镜头。我跟你讲,我以前在电视台的时候,看到过——"

我看得出,只有老李是真的不紧张。我琢磨不透他是真的不害怕,还是故作镇定,他一边谨慎地探试着周天明的底牌,一边努力缓解气氛,试图用这样的方式来让小李和其他人也放松下来。

周天明开口打断了老李的话。

"你叫老李吧,那就从你开始,把手机掏出来,放到那边的桌子上。"然后他转向老板，示意她也这样做。

说这番话的时候，周天明手中的枪一直不经意地摆来摆去。这些人应该跟我一样，从来没在现实生活中见过真枪，我原以为老李还会说上几句玩笑话来缓解气氛，没想到他盯着那把枪看了一会儿，最后还是乖乖地拿出手机，放到了隔壁的桌子上。其他人也跟着把手机放了过去。

"老板，麻烦给我的朋友准备点吃的。我就不用了，我自己带了。"

周天明坐下来，从口袋里摸出瓜子，探进头套嗑了起来。

嗑瓜子的声音此时听来有点惊悚，一动一动的头套更是如同鬼魅。

"你想吃什么？"老板似乎也认命了。

刚才我说肚子饿了，其实是脑袋发蒙才说出口的，我根本没有吃东西的心情，事实上胃还有点痛。再说戴着头套，不管吃什么都不方便。

"不用了，我……"

也许是想到食物，我突然注意到店里的所有桌子上都没放任何东西，一杯咖啡都没有。

刚踏入这家咖啡店的时候我心里就有一种奇怪的感觉，总觉得有什么地方不对劲，只不过场面一直被周天明主导，思绪也就跟着他转，就没细想。此时稍微松弛下来，我才终于意识到问题的关键。

两组客人，四个人，彼此应该并不认识，为什么在大半夜走进一家咖啡店，却什么东西都没点？

我下意识地瞟向周天明，他悠闲地坐在门口，专心地嗑着瓜子，不知道眼睛在看哪里。这么奇怪的事情，他有没有发现？我该不该提醒他？

还好我戴着头套，这段时间内我脸上的表情是怎么变化的，连我自己都不知道。如果被别人看到，恐怕早就被看出不对劲了。

"我不吃了。"我摆摆手，然后站在吧台旁，不知道自己是不是也该找个位子坐坐。

"大家随意啊。"周天明慢条斯理地开口道，"只要屁股别离开椅子就行。对了，老板，反正也无聊，打开电视看看吧。"

吧台上方挂着一个液晶屏幕，坐在店里任何位置都能一抬头就看到。

"电视坏了。"老板说。

周天明也没有坚持。"这样啊，可惜了。那大家聊聊天吧，能在这里遇到也是缘分。"

没人搭腔。

头套里传出咯咯的笑声。

"我刚才说了，只要你们坐着就行。不要害怕。"

周天明说着站了起来，踱了几步。我看到他的头套左右转动，似乎在东瞧西看。

"反正出去之后也做不了什么不是吗……回家？或者去哪个酒店开房？还是回到办公室加班？不管去哪里，不过是另一个狭小的空间，本质上和这里没有区别。"

"至少自由，没有人拿枪指着我们。"老李突然说道。

"没有枪指着，就自由了？"周天明往老李的方向走了两步，然后停下说道，"工作、家庭、理想、老婆、孩子、父母，哪一个不在用枪指着你的头？"

他这句话说得我心里一惊，毕竟我今天晚上变成这副样子，也是因为被人用"枪"指了头。不知为何,其他人的脸上也露出了沉思的表情。

什么情况?难道他们都和家里人闹矛盾了?

"看来我说到你们心里了,大半夜的不睡觉,跑来这里喝咖啡,肯定都是失眠的人啊。"周天明用枪指着老李,"你怎么回事,孩子叛逆期?"

老李摇摇头。

"挺好,没孩子应该庆幸。你们呢?"他又把枪口移向胖子,"我看你们挺甜蜜的啊,女方父母不同意?"

没有人搭腔。周天明突然轻声笑了几下,说:"你们看,说要回家,回了家就能自由,就能开心吗?说不定明天你们会怀念现在,唯一的烦恼来自一个陌生人,比四面八方的烦心事要好多了。说真的,我还羡慕你们呢,我也想被人绑架,多轻松啊。"

老板开口问道:"你年纪轻轻,能有什么想不开的大事?"

"烦恼和年纪没关系啊,我一出生就有烦恼了。"周天明说,"我老家在河南的一处穷乡僻壤,父母为了让我来上海上大学,几乎花光了所有的积蓄。"

"没考上?"老板问。

"考上了,上师大,今年毕业。"

"那你还有啥苦恼的,能考上大学比我强多了。"胖子说。

"上师大对口的只能做老师,工作不好找。如果放弃所学的专业呢,就只能做些基础岗位,拿到工资,交完房租就没多少了,还得给家里寄钱。有时候我一天只吃两个白馒头,工作到下午眼前就发黑,感觉自己随时会猝死。关键是我看不到任何希望。我熬了三个月,感觉生活就是个地狱。"

"那你怎么还有钱买瓜子呢?"老李问。

"哈哈哈,这是我家里寄过来的,我现在都把瓜子当主食了。"

"你可以先不要每个月给老家寄钱啊,你刚毕业,他们能体谅的吧?"老板说,"等经济稍微宽裕点了,再好好孝顺父母。"

老板口气温和,让我觉得像一位开明的母亲。

"还是你们城里人想得简单啊。"周天明说,"我父母都是农民,为了供我读书,家里能卖的全卖了,外面还欠着呢。好容易等到我大学毕业,找到了工作,怎么可能不寄钱回家啊。"

"那……既然你在大城市活得那么累,回老家啊。"

"回老家?父母含辛茹苦这么多年,我最后还是回老家,那这些年的罪不都白遭了吗?"

老李叹口气,语重心长地说:"小伙子,我知道你苦,我也苦了很多年了,还不是过来了。你先把枪收好,无论如何都有解决的办法,但千万不能犯罪啊。"

周天明没有回答,而是又笑了笑。老李的这番话彻底打破了店里的僵持气氛,大家开始你一言我一语地讨论起周天明的"生活现状"来。

我兀自觉得诧异,又认定周天明挑起此事肯定另有初衷,正想着是不是该说点什么的时候,周天明突然大声问道:"那你们呢?说什么无论如何都有解决的办法,那你们为什么要这么做?"

果然,议论声戛然而止。一片沉默中,女老板有些沉不住气地问道:"什么意思?"

"你们来这里是干什么的?"周天明问得突然。

"他们是客人,来这里喝咖啡。"女老板答得简明。

"是吗?"周天明仰起头看了看吧台对面挂着的简易挂钟,

现在指针指向十二点四十五分。

我不明白周天明最后这句话是什么意思，但我清楚地看到老李、小李和胖子的脸上都明显闪过了惊恐的神色。即便在被枪指着的时候，老李也没有流露出如此明显的不安。

"老板，洗手间在哪里？"周天明站起身，若无其事地问。

然而老板的脸色突然变得冷峻，她犹豫了一会儿才说道："洗手间坏了。"

"我是问你，洗手间在哪里，没有问你洗手间能不能用。"

"不能用的洗手间，你问了干吗？"

周天明歪了一下头，女娃娃头套像是吸在肩上，显得更加诡异。

"你不说我也知道，那扇门就是吧。"

周天明指着过道尽头的一扇小门。门外铺着一条长地毯，一直通向吧台的位置。虽然地毯的花纹粗糙，看不出是什么印象派的图案，但看起来很干净。

角落里的四个客人更显紧张了，胖子不停挪动着屁股，显然已经坐不住了。

"我说了，洗手间坏了，不能用。如果你想上厕所，只能出去上。"

"其实，洗手间根本没坏吧？"周天明用枪口一个个点着屋里的人，然后继续说道，"一、二、三、四、五——你们五个人，合谋杀了这里的老板。"

这句话太过突然，我都怀疑自己听错了。我惊讶地看向周天明，却听到他又缓缓吐出一句。

"尸体，就在洗手间。"

第六章

　　在那个能完整看到夕阳如何在上海的某条街头渐渐消失的咖啡馆里，我和顾思义聊了很久。时隔多年后的重聚总是带有一层魔幻色彩，上一次见到眼前的人已经是陈年旧事，而我们却可以自然地聊着现在的话题。

　　离约定时间还有一刻钟的时候，顾思义说她要走了，对方不爱迟到，她也不爱。临走前，她拿出手机，调出自己的微信二维码，展示在我面前，动作一气呵成，自然得好像在说"下次见"。我苦笑了一下，乖乖加了她微信，并没有提拉黑这回事。

　　她走后，我在咖啡店里继续坐了半个小时，消化着刚才与顾思义的聊天内容。

　　她是从声音判断出我的身份的，虽然戴着娃娃头套，我自己都听不出自己的声音，她却说我开口说第一句话时，她就知道了。"这个声音对我说过太多情话，我经常在脑子里复习呢"，她说这句话的时候，我可能羞红了脸。我知道我心里最好出现愧疚之情，同时眼前要浮现星儿的形象，像一张符一样镇住我自己，但是事与愿违，出现在我心里的，却是一股莫名的兴奋和期待。

　　她说她没把我的身份告诉其他人，连当时的男朋友宋瑜都没有说。她还说她不想再追问前因后果来龙去脉，因为一个凡事都要刨根问底的人，很讨人厌。

我知道，这番话的弦外之音是让我也别向她打听任何事，别做一个讨厌的人。这招很管用，接下来我就老实叙述着这两年间的所见所闻，我把所有事和盘托出，包括和星儿的争吵。至于她那晚为何出现在那家店，她没说，我想问却没有问。

当时的约定仍然有效——这是一个秘密。就算这个秘密可能和今天发生的杀人案有关，也不能破坏守密的约定。

关于命案，她也很惊讶为什么小李会用周天明的身份生活，但她说自己知道的并不比我多。

离开咖啡店的时候，天色已经变暗。上海的秋天很短，几乎没有"深秋"过渡，从炎热酷暑到裹起羽绒服可能只有短短几周，有些反应慢的人还没回过神，冬天就悄然来临了。

我不想这么快就回工作室，于是特意绕了点远路。一路上我和晚风分享了三四根烟，微信就是在点起第四根的时候响起的。

顾思义分享了一个微信号给我，头像是一张麻将牌上的字：发。

——这是宋瑜的微信号，你加他吧。

——谢谢，开场白帮我设计好了吗？

我把烟叼在嘴里，双手并用回复道。

——连前情提要都帮你省了【表情】，小李的案子他大致了解了，你有什么问题，直接找他问就行。

——微信上不方便，我想约他出来见面聊。

——你自己跟他说啊。

我打了一行字，觉得不太合适，便全部删掉了。又打了一行，还是觉得不够理想，又全部删掉。最后一遍时，我的嘴唇已经能感受到烟蒂的温度，发过去的是再简单不过的几个字：

——一起吗？

她回得倒是很快。快到我开始怀疑，她现在不是应该在约会吗？

——不了，我今天才知道，见前男友很尴尬。

这句话把我堵死，我是真不知道怎么回了。不过很快，她又发来一条信息。

——除了见前男友之外，其他事，我可以和你一起哦。

这是什么意思？

我不知如何回她，便随手翻了几页工作室的聊天群，选出一张韩江雪经常发的表情图，转了过去。微信聊天就是这点好，不知道要说什么的时候，随便发个表情，就能不失礼貌地结束对话。

我盯着顾思义的最后一行信息看了一会儿，然后把手机格外当心地揣进兜里，继续朝前走去。

两年前，宋瑜给我的印象是一个话多的胖子，说起话来有趣生动，却总跑题。当天晚上回到工作室，我略带忐忑地添加了他，好友请求很快就被通过了。

微信上看不出他话多的特质，当然也许是他在忙。不过他很直爽，说明天没空，后天直接去他家做客吧，然后发来一个小区的地址。

第二天，我努力投身工作，但老是心不在焉。小赵他们好几次敲开我办公室的门，向我汇报这汇报那，他们的工作热情让我有点惭愧，但也毫无办法。

之前花大价钱买下的书已经下厂印刷了，这位作者在网络上一直人气很高，我对这本书很有信心。竞拍到版权的那天晚上，我高兴极了，叫了近十份不同菜系的外卖，留下三名员工，喝到大半夜。

记得那天晚上很晚了，我想起办公室里还有一盒工作室刚开张时朋友送的烟花，因为上海全市禁止燃放烟花炮竹，两年了一直没动过，也不知道还能不能燃。借着酒劲，我不顾韩江雪的劝阻，执意把烟花搬到武康路的正中央，用烟屁股点燃了。烟花升到空中，我们目不转睛地看着夜空里绽开的花朵，火光闪烁，映在我们通红的脸颊上。那一刻，我觉得像在看一场流星雨。

那晚的狂欢之后，就是真正的艰难关头。虽然我认为把所有的资源都用来抢夺已经被市场证明过的作品是最佳策略，但也不能疏忽之后的出版和推广。我很期待上市后市场的检验，这是我创业以来交出的第一份答卷。我信心十足，等着向全世界宣布之前的决定没有错。到那一天，我还要放烟花，放很多烟花，伪造一场流星雨，向世人证明我的存在也如流星般闪耀。

终于熬完了两天。约好了下午两点见，我却一早就出门了。出发前心情还不错，但是在等公交车的时候，我觉得有人盯着我，回头一看，是个大妈，直勾勾的眼神让我无端心虚。我躲到一边，却还是能感受到如针刺般的视线，难道是我脸上或身上黏了东西？这么想着我又姿势奇怪地看了看身上，确认没什么东西后，我有些生气地跳上了恰好进站的公交车，管他顺不顺路呢，反正我时间充裕。

宋瑜家在浦东，我早早到了小区旁，站在围墙边仰视这个新式小区，心里想着，从他家应该可以看到东方明珠。我知道这里的房价很贵，但心里还是有一种酸溜溜的感觉，宁要浦西一张床，不要浦东一间房，买在这个地方的人，真是不懂上海。

之前我可从来没产生过这种毫无道理的歧视念头，对此，我逃避责任似的把错归咎于他是顾思义的前男友。是因为这一点，才让我对他有一种天然的仇恨和歪曲的刻板印象。

于是我又想到了顾思义。上学时很多人不喜欢她的小聪明劲儿，但我很喜欢，而现在的她，机灵中还带了一股狠劲儿，有点进攻性。小区旁有一家简陋的苏帮面馆，我要了一碗大排面，慢慢吃着消磨时间。她说她之所以和我在一起，是看中了我的才华。这并非我自卖自夸，是她亲口承认的。

我们经常聊文学聊电影，聊八卦聊历史，我还记得她最喜欢的乐队是"顶楼的马戏团"，一个上海本土的乐队，歌大多是用上海话唱的，歌词有一些迷惘，有一些怀旧。这些事情，她肯定无法跟宋瑜交流。

想着这些，我竟有些得意，全然忘记自己此时是个家庭破裂、事业还待考验的中年男人。吃完面我又在附近转了几圈，快两点时在一个水果摊上买了串香蕉，提着进了宋瑜的小区。

按响单元的门铃后，门直接开了，并没有人出声询问。我乘着电梯到十一楼，一眼就看到宋瑜开着门在等我。他披着一件豹纹睡袍，满脸堆笑。

"兄弟，快进来。不用换鞋，直接进来吧。"宋瑜拉住我的胳膊，把我往里拽，"来就来了，带啥水果啊，你真是的。"

我进了门，被宽敞的客厅吓了一跳，感觉像来到了室内篮球馆。视野也很开阔，透过落地窗确实能清晰地看到东方明珠，给人的感觉甚至还能看到埃菲尔铁塔。

客厅的桌子上已经摆了很多水果，我把香蕉放在原本就有的香蕉旁边，个头只有对方一半大。

"坐坐坐，喝点啥？茅台还是普洱？"

"不用了，我喝水就行。"我拘束地坐在沙发上。中央空调吹出的热气正对着我的肩，汗水一下子涌了出来，感觉都带着大排面味。

和两年前相比，宋瑜的模样几乎没有变，只不过两年前那晚他衣着考究，硬要说的话还有几分成功人士的样子。然而今天只是随意披了件睡袍，脚上穿着拖鞋，看起来非常土。

"兄弟，招呼不周啊。思义都跟我说了，我以前和小李也算有过几面之缘，人这么年轻就没了，真是……唉……"宋瑜给我端了杯水，在沙发旁的躺椅上躺了下去，不知道最后那个"唉"是在叹气，还是舒服的呻吟。

"你和小李是朋友吗？"

我不知道顾思义是怎么向他介绍我的身份的，决定先不多说。

"谈不上吧。"我看到宋瑜的眼珠转了几下，"我以前经常去一家咖啡店，小李也是那里的常客，所以就碰到过几次，不算熟，不算熟。"

听口气，宋瑜还不知道我参与了那次抢劫。这样更好。

"你知道小李有什么朋友吗？"

宋瑜在躺椅上挪动了下身躯，似乎想躲避这个问题，"我和他不熟，就像唐老鸭和小熊维尼，不是一个片子里的，就是偶尔在游乐园里碰到的关系。要说朋友的话……他倒是经常和他的搭档一起去咖啡店，你去找过他搭档了吗？"

"搭档？"

"老李啊。"宋瑜打量着我，"小李出事了，找老李，不是很正常嘛。你连我都来找了，不会没找过他吧。"

"哦，老李啊……"我一下子慌了阵脚，只好含糊其辞道，

"聊过，聊过。毕竟他们是好搭档嘛。"

"可惜啊，那个老李，要我说也还年轻，虽然我也老李老李地叫他，但他比我小多了，没想到这么年轻就……"

我心里一惊，那个老李，不会已经去世了吧？我装作惋惜地说："是啊，天有不测风云嘛。"

"什么天有不测风云？"宋瑜问，"他不是自己选择的吗？"

自己选择——自杀？

"哦对对，我是说，这么年轻就去世了，真的太可惜了。"

"去世了？"宋瑜差点从躺椅上蹦起来，"老李去世了？"

"啊？"我被搞糊涂了，不是他自己说的嘛。

"我只知道他放弃了啊，压力太大了。没想到……"

"不是，你误会了。"我急忙说道，"他没死，我的意思是，他年纪轻轻就放弃了，在我看来，就像死了一样。鲁迅说过，有些人活着，他已经死了。"

"哎呀兄弟，你说得太好了。就是这个意思。老李和小李，这两个人因为世俗的压力，最终不得不放弃，说实话我心里真不好受。他们在一起多快乐啊。"

"是啊，没办法。毕竟同性恋在很多人眼里还是离经叛道的嘛。"

"同性恋？他们两个是同性恋？"宋瑜又夸张地叫了起来。

"不是……吗？"

"你咋又问我呀兄弟，我哪知道去。我和他们不熟，他们是小熊维尼和跳跳虎，我是唐老鸭，你忘啦？我只知道他们放弃了搞笑组合的事业。"

"我说的就是这个。两个大男人做搞笑组合，整天腻在一起，我们当然知道这是事业啦，但别人怎么想，别人肯定以为他们俩是不正当的男男关系。"

"兄弟你说得太透彻了。点题了。"

为了避免他再搞突然袭击,我只好先发动攻势:"对了,他们那组合……解散太久了我还真一下子想不起来叫什么了。"

"叫山童。想起来了吧?"

"对对对。"我一拍脑门,装作突然想起来的样子,"山童,山童组合,瞧我这记性,怎么给忘了呢。"

"不对,你还是没想起来,他们叫'叫山童',三个字。"

我的天哪,和他聊天太累了,这才短短几分钟,感觉像经历了好几场战役。不过总算是有所收获,至少老李和小李的关系开始清晰了,可是这个宋瑜还是让人捉摸不透,虽然他看起来人畜无害。

"这两年你和小李见过面吗?"

"这两年吗……"宋瑜看着天花板,模棱两可地说,"不记得了,我每天都见很多人。"

"你上次见小李是什么时候的事?"

"很久很久之前了吧,像个故事似的。"宋瑜习惯性地满脸堆笑,我很难观察到他的真实情绪。

我报出武康路公寓的地址,问他:"这个地方,你知道吗?"

"不知道。"接着,像是为了强调,他又重复了一遍,"不知道。我和他不熟。"

我准备的几个问题都没有问出什么有效的信息,要么他是真的像我一样和小李不熟,要么就是有所保留。我眯起眼睛观察着他的笑容,试图从中找出些破绽来。

"你和她是大学同学?"

见我不说话,宋瑜突然问道。

"不是，我和他是书友。"我决定用对警察的那套说辞。

"我问的是顾思义。"

宋瑜已经从躺椅上坐了起来，表情也没之前那么松弛了。看来，前男友对前男友的感觉都是一样的。

"是，我们是大学同学。"

"她一定很崇拜你吧？"

"为什么这么说？"我感到意外。

"听她说，你是开出版社的，她一直喜欢有文化的人。"

"没有，过奖了。"我几乎掩饰不住内心的沾沾自喜。

"她跟我在一起也是这样啊，我一开始以为她和别的女人一样，就是看中我的钱，可她说，是看中了我的才华。"宋瑜脸上露出温柔的笑容，"这可不是我自卖自夸啊，是她亲口承认的。"

我瞬间觉得心情好差。

"其实我心里清楚，我哪有什么才华啊，她就是哄我开心，我虽然不聪明，但还没有笨到连这都听不出来。"

事实上，我就没有听出来。想到自己居然比眼前这个胖子还笨，我仅剩的自尊心也快瓦解了。

"挺好的，有知识，就有天聊，有文化，就有烦恼。"宋瑜拍了拍肚子，"我跟着她，学着看看书，看看电影，听听演唱会，增长点知识挺好，文化人我就不冒充了。"

"你兴趣爱好挺广泛啊。"我说了一句酸话，心想顾思义都说了，他所谓的看书就是看一些成功学，那能叫书吗？

"你是做文化行业的，跟你聊这个是我自不量力，就像孔子和米老鼠的区别。我最近在网上看一部小说，挺有名的，作者叫钟晚，不过好久没更新了，说是被买断了版权，要出版。"

钟晚——不就是我们花大价钱抢来的作者吗？我只好承认：

"有品位。"

宋瑜被我夸得喜笑颜开，眼睛都快看不见了。"其实呀，昨天我没空是因为去看演唱会了。"

"你昨天去看谁的演唱会啦？"

"顶楼的马戏团，你知道吗？"

"知道。"

我已心如死灰，不想多聊。宋瑜却越说越来劲。

"他们歌词里不是有一句'如果你也觉得感动，就丢点硬币'嘛，演唱会上变成了'丢点一百块'，太贱了，台下观众都疯了，我真的丢了几张一百块上去。"

"他们这种小乐队也能办演唱会啊？"

"Live House 嘛，就在重庆南路，你喜欢的话改天我带你一起去。"

他说这个单词的时候听起来就像"拉乌哈斯"。

"不用了。"我皱了皱眉，说道，"我已经不喜欢他们了。"

"哦……"宋瑜显然察觉到我的不悦，强行压下了兴致，"对不住啊兄弟，我说话老是跑题，咱们接着聊小李的事儿。警察是怎么说的，真是被谋杀的？"

"不确定，警察也不跟我多说。"

"他在哪儿死的？就刚刚你说的那什么康路？你到现场看了？"

"现场封起来了，不让进。出事的地方正好在我工作室附近，武康路上。"

"武康路……没听过，顶马没唱过这条路。"

他们没唱过的地方多了，我心想。后来，我们又聊了一阵小李的命案，基本上都是宋瑜在问，我负责作答，当然最后也没得出什么结论。其间,我不露声色地问了他案发时在哪里,他的回答是一个人在酒吧里喝酒,没有人能给他证明。当问及为什么要独自去酒吧买醉时,他把话题扯向了中年危机,就这样,充斥着大量无效信息的沟通总算接近尾声,宋瑜问我要不要吃晚饭,我突然想到一个主意。

"你以前和小李经常光顾的那家咖啡店,我们去那里吃吧。"

宋瑜迟疑了一下,说:"我只是问你要不要吃晚饭,没有说和你一起吃。我晚上约了一个客户……"

能不能一起吃饭在我看来并不重要,重要的是我提起咖啡店时他眼里闪过的一丝犹疑。我确定他有所隐瞒。"行,那我先走了,谢谢招待。"我起身告辞。

"你等我一下,那个……我有件事想拜托你。"

宋瑜进了房间,很快就出来了,手里拿着一个暗红色的小盒。

他有些扭捏地说:"你能帮我把这个带给思义吗?"

我接过来,第一感觉里面是一枚戒指,或者类似的首饰。盒子表面并无品牌logo,无法据此推测。

"你为什么不自己给她啊?"

"她说她忙,约了一万次都没有出来。"

"可是这么贵重的东西……"

"不贵重,不贵重。"宋瑜摆着手,也不向我介绍,只是一再重复"不贵重"。

我心想,这倒是个很好的再约顾思义的借口,便把盒子揣进兜里。

宋瑜很认真地跟我说了句"谢谢",送我出了门。

宋瑜家虽然视野很好，但交通还是远没有浦西这边便利。我坐上地铁，心里还是放不下刚才提到咖啡店时他眼神中的犹疑。

深夜咖啡店位于番禺路附近的一条不知名小马路，那个晚上之后我就再也没有去过。即便有好几次从隔壁的法华镇路、新华路经过，上海国际电影节时还和星儿一起去附近的影城看过电影，我却连想都没想过去那里看看。

一次都没有想过。

现在想来，也许我是在刻意避开它。为什么要避开？我不知道，也不愿多想。没想到，两年后是小李的死，让我又来到这里。

我从交通大学站出来，没有开地图导航，循着记忆穿过一条条马路。身边的行人越来越少，街边店铺也不见几个，我才终于到达了目的地。

是因为白天还是两年不见的缘故呢？总觉得这个地方很陌生。

咖啡店的外观没怎么变，但换了logo，原本的布门帘变成厚重的拉门。我盯着门把手上的"pull"看了很久，怎么也想不起来这是推还是拉，最终决定交给百分之五十的概率，结果判断错了。

正好里面有客人出来，弹开的门撞在我身上，那人小声说了句"对不起"，匆匆低头走了。我顺势拉开门，"欢迎光临"的声音同时响起。

吧台还在原来的位置，但是上面多了很多小装饰品，一个穿着褐色制服的服务员站在后面对我微笑。

我走到吧台前，没有看菜单，直接点了杯美式。

"请问需要选咖啡豆吗？我们这边比较推荐肯尼亚ＡＡ或者日晒耶加雪菲……"

"最浓的那种就行。"

"最浓的是吗?"服务员继续耐心地推荐,"我们有一款特别浓,不过适合早上喝,现在已经晚上了,我担心您会睡不着。"

"哦,没事。"

服务员还不打算放弃,又欢快地说道:"真的很浓哦。咖啡虽然好喝,但晚睡就不好了。"

"你们这不就是深夜咖啡店吗?"

"深夜咖啡店?"服务员露出疑惑的表情,好像是第一次听说这个名字,"我们这里是早点睡咖啡店呀。"

说着,服务员指了指吧台上用来展示杯型的空杯子,那上面果然写着:早点睡咖啡。下面还有一行小字,应该是这家店的宣传语:咖啡虽好,要喝趁早。

我露出苦笑,说道:"没事,就给我来一杯最浓的吧。"

咖啡价格倒是不贵,大杯只要三十一元。我身上没零钱,摸了张一百元递了过去,收到的找零中有四枚硬币,让我很头疼。为什么把价格定成这么奇怪的三十一元呢?明明三十元于人于己都方便啊。

把四枚硬币揣进裤兜,顿时觉得口袋变重了。

深夜咖啡馆变成了早点睡咖啡,我再次哑然失笑。等咖啡的时候,我打开手机,发现有二十多条微信未读提醒,一定是刚才在走路,没有注意到手机震动。

我期望是顾思义给我发来的消息,但想想不管出了什么事,她都不可能一口气发二十几条消息给我。

果然不是她,是工作室的群。刚一打开就看到满屏的感叹号,看得我一阵焦躁。韩江雪特别喜欢用感叹号,显得她总是特别激动。可当我看完信息后,情绪也有些激动了。

先是张盛分享了一篇文章，有网友揭露，知名网络作家钟晚的作品涉嫌抄袭，文章中附有多段内容对比，一眼就能看出相似度。我越看心跳越快，网友的辱骂不堪入目，而且这件事在短时间内迅速传播，超出了我的想象。怎么办？这是怎么回事？我满心想着工作室，难道这就要完了吗？

我们把所有的财力和资源都赌在了这本书上。我曾设想过很多种失败的可能，但最坏也不过是上市后反响平平。从来没有想过我们孤注一掷的，居然是一部抄袭作品。

我在群里回复了一句"等我回来开会"，便冲了出去。尽管这里离工作室很近，但我还是招了辆出租车。

坐在车上时，我才想起没有拿咖啡，倒不是舍不得三十一块钱，而是我知道今晚肯定不能睡了，这个时候正需要一杯浓到要额外提神的咖啡。

十分钟后，我就回到了工作室，员工们的脸和外面的天一样，全黑了。

见我进来，大家连忙围了上来。我来回看着他们，问道："现在情况怎么样？"

"还在发酵。"韩江雪干练地说。

我着急地说："说具体的，目前影响有多大？和钟晚联系了没？被抄袭的作者怎么说？"

"影响很大，曝出抄袭的帖子发出来才三个多小时，现在转发量已经过五万了。主要现在好多网络作者也站出来讨伐钟晚，圈子里的人都在骂。被抄袭的作者叫李潼，没什么名气，事情曝光后，李潼一直没有回应。倒是圈子里的一些小作者吵得很凶，又是写联名信又说请律师什么的。"

"这种官司很难打的，又不是没有先例。"张盛说道。

"不，就算法律上不好判，但在舆论层面上，判决早就下了。"小赵扶了扶金边眼镜，冷静地说道。

"钟晚的粉丝在网上发帖对骂呢，热火朝天。"韩江雪说。

"这些粉丝真傻！"张盛骂道，"这种龌龊的事，大事化小，小事化了最好了，越吵热度不是越高吗？赶紧闭嘴，集体沉默，一个月不到就没事了。"

"钟晚呢？联系上了吗？"我问。

"她不接电话。"韩江雪瘪了瘪嘴。

"书是不是快要入库了？"我又问。

"今天我去了一趟印刷厂，第一批已经全部搞定，本来想着明天入库，这几天就能正式上市了。没想到，偏偏在这个节骨眼上……"

"主编。"很少主动发言的张盛看着我说，"说不定这是个机会，我们不是破釜沉舟，第一批印得特别多吗？本来我还担心卖不光怎么办，现在不用愁啦。"

"你什么意思？"韩江雪皱了皱眉。

"你们想啊，这个事情不就是一个天大的宣传吗？三个小时五万转发啊，我每次刷新这数字可都在涨啊。"

"宣传个屁！"这是我第一次听到韩江雪爆粗口，"这是恶名！钟晚是我的作者，我会让她解释清楚的。"

"还解释什么啊，你没长眼睛也长耳朵了吧，现在全中国都在说钟晚抄袭了，你还装什么镇定呢？"张盛毫不相让，恶声恶气地说道，"还你的作者！为了大小姐你的作者，我们全公司都在伺候她，结果呢，你签的时候没考察清楚人家底细啊？"

"张盛，你……"韩江雪的眼神如剑，一眨不眨地直刺张盛，话却说不下去了。

"别说了！"我吼完，原本还想开口的张盛顿时安静了下来。我意识到自己有点过分，拍了拍张盛的肩膀，说："现在不是怪谁的问题，当务之急是怎么解决这件事。江雪，确定是抄袭吗？"

韩江雪点点头："那个叫李潼的原作者太没名气了，对不起——"

我抬手打断她的道歉，问："你找一下那个爆料人，还有那个叫李潼的，问问他们的诉求是什么，如果是钱的话，让他们开个价。"

"主编……"韩江雪惊讶地看着我，"你想买通他们？"

"对，让他们发个声明，最好让李潼承认是他抄袭的钟晚，他的作品就当由我们买断，开个价吧。"

张盛在一旁说："可是我们工作室已经没钱了啊，万一他们狮子大开口怎么办？"

"钱倒不是问题。"小赵插嘴道，"不过这样做不太合适吧。"

见小赵这样说，原本欲言又止的韩江雪好像有了点信心。"主编，我也认为，这件事本来就是钟晚的错，是我们的错，不能颠倒黑白啊。我会尽快联系钟晚，让她发声明道歉……"

"你让她道歉，她就会道歉吗！"张盛的嗓门又忍不住拔高了，"她要是这么知错能改的人，当初还会明知故犯？再说，道歉了之后呢？我们的书还出不出？工作室还做不做？你真以为整天和书打交道大家就都是君子啦？告诉你，别把那些所谓的文化人想得太理想化了。钟晚是不对，但那个叫李潼的也不是什么好人，一定是他找人爆料的，我看就是眼红钱！"

"李潼是受害者啊！"韩江雪也叫了起来，"你自己辛辛苦苦写出来的作品被别人抄袭了，对方还要出版，你心里能好受吗？"

"韩江雪，你搞清楚自己的立场！"张盛伸出一根手指，在虚空中戳着韩江雪，"你是钟晚的责任编辑，也是这家工作室的一分子！是不是公司倒闭了你才开心？"

"我当然不希望倒闭，但这是原则问题！"

"行了！"我再次打断这番让我头疼的争吵，"我们不是做慈善，也不是文化传播大使，我们的原则是生存，并且赚钱。"

我几乎是咬牙切齿地说道。但目前还没想到什么有效的解决方法，有一瞬间，我甚至想过要去杀掉那个爆料人，杀掉李潼。

张盛见我站在他这一边，挺起胸膛又对韩江雪哼了一声。韩江雪气得嘴唇直发抖，又无法说出反驳的话，她一直盯着我，眼神中有一丝祈求，又有一丝鄙夷。最终，小赵扶住她的肩膀，把她按到了座位上。

"主编，你说怎么做吧，需要钱的话，我可以支持。"小赵冷着脸对我说。

我叹了口气，心里知道他和韩江雪一样，并不认同我和张盛的看法，我也不想把团队气氛搞僵，于是放缓了口吻，对所有人说："不管怎么样，钟晚是我拍板签的，所有的责任在我。但大家也不要气馁，这件事情还不知道会怎么发展，今天大家辛苦一点，张盛你各方面观察一下进展，有什么消息第一时间通知大家，然后，那个爆料人和李潼，就由你来联系吧，看看他们是什么诉求。江雪，你继续联系钟晚，不管以什么方式，找到她，也搞清楚她的想法。小赵，你和印刷厂还有库房说一下，这本书可能要缓一缓了。对了，之前谈好的那些推广还有采访活动之类的，都先暂停。"

安排好之后，我把自己关进了办公室。偶尔张盛的嚷嚷声从外面传来，让我更加心烦意乱，只好一根接一根抽烟。

我不断想起韩江雪刚才看我的眼神，那种好像被背叛的目光我也曾在星儿的脸上看到过。星儿离开我之后，我发誓再也不许别人这样看我了，所以我一直在努力证明自己。可就在刚才，我又看到了这个眼神，这让我突然觉得很失落。

我到底是什么时候变得一切只从利益出发的？原来那个为了梦想不顾现实，甚至裸辞的梅寄尘去哪儿了呢？

我究竟应该怎么做，才能让自己和所有人都满意？

我拉开抽屉，翻出阿司匹林，倒出三片，一口吞下。以烟代水，什么苦味都没有。

韩江雪进来的时候没有敲门，一进来就跟我说："钟晚给我电话了。"

"她说什么？"

"她说她会处理的，叫我们放心，书按照原计划出版上市就可以。"

这次，她双眼无神，如一潭死水。

"什么叫她会处理的？怎么处理？"

"她说她请了很多专业人士，还花钱买了水军，这波负评很快就会过去的。我们……什么都不用做。"

"哦。"问题似乎解决了，可我心里没有一点宽慰的感觉。我想着是不是应该和韩江雪聊一聊，可她主动说："那没事我就下班了。"

说完，她垂着头走了出去。

小赵是最后一个走的，走之前，他向我汇报了最新的进展。钟晚已经开始进行反击了，讨伐她的声浪很快就被更大的舆论汪洋淹没。另外，有几个知名账号突然发布了几则圈内八卦，讨论的热潮已转向那些新闻了。

只有我们这些和钟晚合作的人知道，那些发布其他新闻转移公众视线的账号，和钟晚有关。

这一招，在推理小说中叫红鲱鱼，没想到被她用在了危机公关上。

事情好像已经没有那么严重了，但我仍无法释怀。

十一点多时我还是毫无睡意，心里乱糟糟的。于是我起身，披了件外套，决定出去散散心。

我漫无目的地走着，直到黄浦江横在面前，才停下了脚步。我靠在栏杆上，望着对岸灯火通明的高楼。这个地方很幽静，后方是一个公园，旁边有一栋带着个大烟囱的建筑，抬头望去，烟囱上显示当前温度是六摄氏度。

我听说过这个温度计建筑，世博会闭幕后这里被改建成当代艺术博物馆，偶尔开车经过时会看到，但这么近距离地观察，还是第一次。

今夜也和平日里的每一天一样，天上看不到一颗星星。我依稀记得小时候，和爷爷一起在阳台上纳凉时能看到很多星星，我吃着西瓜听爷爷讲牛郎织女北斗七星，来来去去就那么几个故事，我却听得很入迷。不知从什么时候开始，上海的夜空中就看不到星星了，五颜六色、永不熄灭的灯光倒越来越多。是星星都坠入凡间了吗？

我看着眼前光影流动的黄浦江，习惯性地拿出手机，拍了一张照片。照片中的黄浦江更像银河了，但如今我已经没有资格再把这些照片打印出来，集合成册，送给某个人。

我心中的一种情绪被勾起，就像早已深入骨髓的老家里的朽木气息，无论在哪里，每当我想起老家，就会闻到那股气味。离婚后，我和星儿就像牛郎织女一样，一年只见一次，但奇怪的是我仍觉得她和我很亲近。这种感觉和与顾思义的亲近感不一样，与顾思义的重逢要更为紧张、兴奋，更多的是期待。而星儿，是家人的感觉，想下意识地抗拒，却又割舍不断的亲情。

回过神来时，我发现自己已拨通了星儿的电话。这把我吓了一跳，是无意识中拨通的，还是不小心按到了快捷键呢？如果她接了，我要跟她说什么，刚刚拍了一张很好看的"星星"照片？恐怕会讨来一顿骂吧。

在我犹豫着要不要挂断时，电话接通了。

"什么事？"

星儿久违的声音传了过来，我觉得无比熟悉。

"怎么了？说话啊，没事吧？"

我想是我多愁善感的毛病又发作了，不然为什么无缘无故鼻子就酸了。

"没事。"

"那我挂了。"

"等等……"

电话那头没有声音，她应该正耐心地等着我往下说吧，但我其实不知道该说什么，只是不想挂电话。

"那个……我们还有没有机会重新开始？"

我真想抽自己耳光。中文里那么多汉字，我偏偏选了这几个。

"有啊，你把天上的星星摘给我。"

这是拒绝吗？我抬头望去，只有一轮黯淡的月亮悬挂在黑色夜空。

电话那边的星儿突然平静地说道："你到底干什么了？前两天警察来找过我了。"

这话让我一个激灵,脑海中自动跳出秦队的脸,不禁打了个冷战。

"警察?什么时候?找你干吗?"

"调查你咯,说你可能跟一桩杀人案有关。"

"我没有,星儿,你要相信我。"

"你跟我解释什么,我当然不相信你了,不然怎么会跟你离婚。"

我一时语塞。

"你可别为了我谋财害命啊,虽然我会挺高兴的。"

"我真没有。"

"后天你来趟我家吧。"

"啊?"我怀疑自己听错了,这是我们离婚后她第一次主动邀请我见面,还是去她家。

"不想来?那算了。"

"来!后天就算天上下刀子,我也一定去。"

"那我得关注下天气预报,最好下刀子把你戳死。"说完她停顿了一下,接着说,"梅寄尘,我认真跟你说,虽然我看重钱,但我是不会和一个有钱的坏人在一起的。"

挂掉电话,我反复琢磨着星儿的最后那句话,不知为何想到了钟晚和她的小说,心里的决定又坚定了几分。但我能这么做吗?这样逞能对其他人来说是不是太残忍了?

风很大,打火机打了好几次都没出火,我索性叼着一根没点着的香烟,心想这时候要是有一瓶酒该多好啊。

钟晚的公关能力出乎我们所有人的意料,第二天网络上对于抄袭的讨论就几乎没有了。

晨会上,我宣布刚印刷出来的新书全部销毁,并且以后不再与她合作,同时开诚布公地描述了工作室的现状。得知四个人都将失去工作后,张盛毫无顾忌地破口大骂起来。韩江雪听到后先是露出诧异的表情,呆愣了半晌,随后冲我露出一个疲惫的微笑。我回以笑容。

小赵的脸上波澜不惊,还不如我毙他选题时激动,简直就像得知周末要来加班一样,从容地接受了。

没得到任何回应的张盛突然离开了会议室,接着就听到踢踹办公桌的声音。我叹口气,宣布散会。见那两人都没动,我便率先站起身离开了。

回到办公室,我调整了一下情绪,然后拿出手机,准备处理一些后续事宜。没想到手中的手机突然响了起来,是顾思义打来的。

"和宋瑜聊得怎么样?"

第一句话就直奔主题,也不问我现在方不方便说话。

"还行吧。"我满脑子钟晚的事,差点开口问宋瑜是谁。

"那明天跟我说说。"

"明天?我们约过明天见面吗?"我极力思索。

"现在约啊,你不会拒绝我吧?"

"呃……"

顾思义自顾自地高兴说道:"而且,我一说明天的行程,你就更不会拒绝了。"

"什么行程?"

"去河南太康。"

"那是哪里?"这个地方我从来没有听说过。

"周天明的老家。"

"周天明的老家？你怎么知道的？"

"他自己说的啊。"

"什么时候？"

"两年前在咖啡店，他说过自己的名字吧？还说老家是河南的。"

"我怎么不记得了。"

"所以说你傻嘛。"我仿佛能看到她的表情。

"还有毕业于上海师范大学。于是我昨天去了一趟上师大。那一届的毕业生里一共有两个叫周天明的，一个是上海本地人，一个老家在河南太康，你说两年前的周天明是哪个？"

"你是怎么打听到的？"

"问老师啊，你没嘴的吗？录取通知书、各种档案都留着，两三年前的一个毕业生，很容易就打听出来了。"

我知道，要打听这种事情并非她说的那么容易，至少要撒一些谎。不过对顾思义来说，确实易如反掌。

"我们去那儿干吗？"我问。

"去看看。上次你说完后，我一直感到奇怪，为什么小李会使用周天明的身份生活，既然小李身上找不到什么突破口，那换一个思路试试呗，说不定找到周天明就真相大白了。再说了，就当我们两个去旅游，不也挺好吗？"

就当我们两个去旅游……这样好吗？

在我犹豫的时候，顾思义已经做出了安排："明天下午一点，上海火车站出发，别迟到。票我已经买好了。"

票我已经买好了。言下之意是"我还背得出你的身份证号"，我感到一阵惊悚，别说顾思义的身份证号了，连她的生日我都忘了。

挂断电话，我不禁问自己，这个顾思义，为什么对小李的案件那么上心呢？

不，可能并不是对小李的案件上心，而是因为她还喜欢我，想通过这件事和我接触、相处。毕竟她还单身，我已离异。

离异？！

我突然想起来，明天，不是说好要去星儿家的吗？

第七章

"你……你在胡说什么？我就是这里的老板！"

"你不是！"周天明斩钉截铁地说。

老板的心虚全部写在脸上，她没有做声，神色紧张，眼神不由自主地瞥向坐在一起的四个客人。

胖子似乎看不过去了，挪了挪屁股想要站起来，结果被周天明怒喝一声"别动"，只好又牢牢地坐回了椅子。

"兄弟，你别这么计较嘛。"胖子打着圆场，"现在谁还不是个老板啊，我没做生意之前，只是个无业游民，朋友也叫我老板来着。你说得对，她呢，确实不是老板，只是叫顺口了，其实就是个工作人员，对一个打工的，你较这劲干吗？而且你还说这里的老板已经……啊哈哈。"

胖子尴尬地笑了几下，但一桌的人都沉着脸，没人回应。老李深深地吸了一口气，看着周天明的枪口说："你不会又在开玩笑吧？你口才这么好，我给你在电视台介绍个工作，不用干这行。"

"你们，触犯了法律。"

这话从一个拿着手枪、戴着头套的人口中说出显得有点奇怪，但经周天明这番突如其来的指控，我也发现这些客人确实比较奇怪。

我又听到周天明瓮声瓮气地对老板说:"我再重申一遍,你不是老板,也不是这家咖啡店的工作人员。你和他们一样,只是一个普通的客人。"

老板这时似乎已经冷静下来,她双臂抱在胸前,略带挑衅地说:"好啊,你倒是说说,你为什么这么认为。"

"首先,我们两个进来之后,你是最后一个说话的。"周天明把枪放在桌上,拍了拍左手掌心的瓜子屑,"咖啡店遭到抢劫,劫匪还亮出了武器,作为这个地方的主人,或者唯一的工作人员,怎么会是最后一个开口说话的呢?而且我问'谁是老板'之后,你犹豫了一下才作答,如果我不问,你是不是就打算一直不说话了?"

"我胆子比较小,又没经历过这种场面,吓得不敢说话了,这很奇怪吗?"老板倒是从容不迫。

"确实,一个女人,大半夜开一家店,碰到这种情况担心害怕是难免的,不过……"周天明顿了一下,环视各位后又说道,"那四位客人的反应却是彼此对视,你看看我,我看看你。作为客人,在店里时遇到了这种事,第一反应居然不是看老板,而是看别的客人,这就很奇怪了。"

"他们爱看谁,我哪管得着?"老板语气生硬。

"兄弟,你看啊,你是聪明人,这件事我帮你分析分析。"胖子接过话头,"你呀,记错了,我们不是看别的客人,我只是看我女朋友。有了危险,我第一时间看我女朋友,是不是人之常情?是不是天经地义?反过来说,我女朋友看我,是不是人之常情?是不是天经地义?我们是关心彼此的安危,老板不老板的,说实话咱不在乎。"

"那他们呢?"周天明没有动,但我知道他指的是老李和小李。

"他们?很简单啊,他们也是情侣啊!情侣之间看一眼,是不是人之常情……"

顾思义用胳膊肘推了推胖子,小声说了句"你别多嘴"。

"还有一点,你穿着一身职业套装,就像个公司白领,且不说穿着这套衣服干起活来有多么拘束,你至少也该给自己配一条围裙吧。"

"店是我开的,想怎么穿是我的自由。我们这儿又不是什么连锁店。私人开的小店,我高兴起来什么都不穿你都管不着!"

周天明笑了一声,继续说道:"好,你爱穿什么确实是你的自由,但你做的这个指甲可不像餐饮业的啊。指甲那么长,装饰物那么多,虽说很好看,但你能用这双手来给客人做三明治、洗盘子洗碗吗?"

老板盯着自己的双手看了一会儿,说:"是有些不便利呢,幸好到目前为止没有客人来投诉,对不起,我明天就去卸掉。谢谢你的提醒。"

周天明愣住了。我猜测他正在焦虑地思考。看来现实并不像我看的那些推理小说,侦探说出推理过程之后,对方并不会乖乖认错,只会疯狂到近乎耍赖的反驳。

良久,周天明才再次开口。

"确实,我说的每一条都不能明确证明你不是这里的老板。推理本来就是这么一回事,只是根据条件得出最大的可能性。如果你们愿意听的话,我想把这个可能性继续说下去。"

没有人回答。这是默认还是无声的抗议,我不知道。但既然无人反对,周天明也就再次开口了。

"既然你不是这里的老板,那么随之而来的问题就是——老板去哪儿了？没有老板，至少也有店员吧。一开始我的想法是他可能刚好离开了，比如去上厕所，或者出去抽烟了。但随着时间的推移，这种可能性不攻自破，因为这么久了，没有人回来。我还想过一种可能，这种可能曾让我感到恐慌，那就是老板在外面抽烟，回来的时候发现自己的店被抢劫了，于是他没有进来，很有可能还去报警了。但我又马上否定了这个可能，因为我进屋后就一直背对店门，枪也放在身前，从外面没人看得到武器，不可能想到店被抢劫了。那扇窗装着磨砂玻璃，最多只能看到里面有人影，看不出具体的动作。这么一来，就只剩一种可能了——这家咖啡店的老板，一直在店里。"

这一次老板没有反驳，她直勾勾地看着周天明的头套，似乎想看透头套里的脸。

周天明站了起来，继续道："还在店内，却一直没有出现，那就只有一种可能——他已经无法出现了。而这里最适合藏人的地方，就是洗手间。果然，我稍微一问，你就害怕得不让我进那扇门。"

此刻，周天明和老板面对面站着，似在进行无声的对峙，其他人的视线都集中在他们两人身上。

咖啡店内的气氛也有了微妙的转变，两个冒失的劫匪摇身一变成为正义使者，指认原本无辜的顾客为犯罪者。

"洗手间是真的坏了！"老板的声音有些颤抖。

周天明又往前挪了半步，老板便不由自主地往后退了好几步。周天明突然转头，大头娃娃头套晃了一晃。他问道："你们都没点东西吗？桌子上干干净净的，干坐着不点东西，是不是太奇怪了？"

"我点了牛排啊——"胖子着急地回答，店里众人，包括老板在内，全都瞪向他，顾思义甚至在他的胖胳膊上狠掐了一把。

周天明发出笑声，说道："果然那份牛排是你的啊，那我就明白了。"

"你明白啥了？又开天眼了？"胖子似乎急了，语气咄咄逼人。

我又看向吧台后面的洗碗池边，那大半块牛排躺在盘子里，看起来干巴巴的。

"我早就注意到那半块牛排了，一开始我以为是已经走掉的客人吃剩的，于是就有些怀疑，怎么没人收拾呢。"周天明说着，往自称老板的女人身边凑了凑，接着又看向胖子，"这块牛排原来是坐在过道旁的你吃的啊。"

"是我吃的，三分熟的菲力！咋了，你快直说，弯弯绕绕磨磨叽叽的。"胖子急得脸都红了。

"如果是你的牛排，为什么没吃完呢？我想是因为——掉在地上，不能吃了吧。"

胖子没有说话。

"这样的话，就又有一个问题。牛排盛在盘子里，要摔也是连同盘子一起摔在地上。"周天明走过去，拍了拍桌面，"当时，你们坐在这个位置，座位旁边是铺着地砖的过道，以这个桌子的高度，盘子摔在地上就算不至于粉碎，最起码也要磕成几片吧。可是你看那边的盘子，完好无损。"

我看向老板，她又在抠自己漂亮的指甲了。

"由此，我又想，盘子会不会并没有摔到地砖上，而是摔在了某个柔软的地方，才没有碎。"

周天明顿了一会儿，抬起右手，指着洗手间门口的地毯。"比如那块地毯。"

胖子干笑几声，哑着嗓子说："越说越离谱了，这盘子难不成还三级跳了，为了保命自己跳到那边去？"

"不，不是盘子跳过去，而是毯子移动了。"周天明走到地毯边缘，"老板，为什么要在洗手间门口放一块地毯呢？"

"这是……为了让客人出来的时候蹭掉脚下的水渍。"半天没说话的老板答道。

"哦，是这样啊。"周天明走到地毯旁，蹲了下来，摸了一把，"但这块地毯未免太干净了吧？而且尺寸不太合适啊，放在吧台前面似乎更好呢。"

我看到老板明显抖了抖。

周天明站起身，拍拍手，扶了扶头上的头套，说道："我的想法是，这两位客人坐在过道旁边，而原本过道上铺着一块地毯，装着牛排的盘子掉下去的时候就没有直接接触地砖，而是摔在了地毯上，只是蹭脏了地毯而已。"

"你刚说了地毯很干净啊。"

"是啊。而且这地毯上的花纹好奇怪啊，明明墙上挂的画那么好看，怎么选地毯的时候品位就变了呢。是不是……放反了啊？！"

不知不觉间我已被他的话语吸引，也忍不住想过去看那块地毯。

周天明微微转了转身子，似乎在看屋内众人。

"费劲地移动地毯，还故意放反，是为了什么呢？仅仅是为了掩盖牛排渍吗？恐怕不是，如果为了掩盖牛排渍，大可以把地毯卷起来收好。费劲地将地毯翻面，并挪动位置的理由只有一个，那就是你们需要这块地毯来掩盖其他东西。掩盖的东西自然就在洗手间门前的地砖上。我猜是一块污渍吧，用脏了的地毯盖住脏了的地砖，负负得正，拼出了一块干净的地方。"

周天明的话掷地铿锵，这一刻，店里出奇地安静，我甚至听到了自己的呼吸声。

"其实，这两个被盖住的痕迹，是同一个吧？"周天明继续说道，"都是牛排酱汁。重要的是，酱汁痕迹的形状，想必是长条形的吧，从过道的地毯上，延伸到厕所前的地砖。是某个物体被拖动时留下的痕迹。"

周天明突然俯下身子，一把掀开地毯。坐在远处的顾思义发出一声惊呼，我不禁上前两步，透过大头娃娃的镂空瞳孔，看到周天明翻起的地毯上用红字写着"深夜咖啡店"五个字，正中间有一道长长的褐色污渍，像一把奇形怪状的刀，贯穿地毯。而露出的白色瓷砖上也果然如周天明所言，有形状相似的污渍。

"失踪的老板、没有点餐的顾客、洗碗池上的半块牛排、完好无损的盘子、丑陋却干净的地毯……把这些细节串联到一起，我便有了更大胆的推论。"周天明把地毯随手扔到一旁，站起身说，"没有血迹，所以你们可能是以勒毙的方式谋杀了这里的老板。你们三个男人中的一位，从老板身后勒住他的脖子，老板奋力挣扎，在挣扎的过程中碰翻了桌子上的盘子，盘子和牛排掉落到地毯上。我想其他人马上就上去帮忙了吧，一、二、三、四，四个人，正好控制住老板的四肢，就这样，你们五个人合力将老板勒死了。虽说这家咖啡店位于人流稀少的小巷，此时又是深夜，但你们仍决定谨慎行事。于是你们派了一个人在门口放风，剩下的人想办法尽快处理尸体，并清理现场。不巧的是，放风的人刚出去，就遇到了我们。无奈之下，你们只好先将尸体拖进洗手间。回头才发现地上有拖行的痕迹。地毯可以卷起来放一边，地砖上的污渍却没时间擦干净了，情急之下，有人想到了一个办法，那就是把地毯翻过来，盖在有污渍的地砖上，用污渍掩盖污渍。不得不说，这么紧张的情况下，能想出这种对策，真是恶魔的智慧啊。不过时间紧张，你们来不及整理一下自己的仪容我们就进店了，因此，我一进门就觉得奇怪，一屋子人安安静静地坐着，可每个人都衣冠不整。更可惜的是，我们还不是用一句'打烊'就能打发的客人。"

我完全被周天明的话吸引了，感觉自己就像掉进兔子洞里的爱丽丝，似乎每走一步都能碰到更大的意外。等我从他讲的故事中缓过神来，才开始观察其他听众的反应。

我发现老李一直在瞟吧台桌，一下子警觉起来，周天明的手枪放在那里。

"店被抢劫，却没人报警。现在商店都和一一〇联网了，不用手机也可以报警，而你们甚至没人尝试，为什么？是因为你们不能报警，你们唯一能做的，就是祈祷我们赶快离开。"

周天明还陷在沾沾自喜的情绪中，我却已经紧张得掌心冒汗。

他刚才确实颇有推理小说里名侦探的风采，但现实毕竟不是小说，凶手不会绅士地说一句"是在下输了"就俯首认罪，相反，他们会竭尽所能地反抗，哪怕要争个鱼死网破。

老李现在已经毫不顾忌地盯着那把枪了，身体也微微转向那边。不过没事，从距离来看，我比他更近。

老李似乎察觉到了什么，突然转过头，直直地看向我。我也毫不示弱地看着他，于是我们就这样彼此盯着。他的眼神极富攻击性，我甚至害怕他的视线会刺破我的头套。

"兄弟，你到底想怎么样？给句痛快话吧。"胖子突然严肃地说道。

周天明的声音却依旧放松。"我早就说过了，我只想要你们的时间。"

我被周天明和胖子的对话吸引，稍一转头，这边的老李却突然开始了行动，他的速度比我想象中更快，等我终于做出反应的时候，他已经跑出了两步。

不过只是两步而已，我还是有极大的把握能抢到枪。

但是出乎我意料的事情发生了，几乎就在老李跳出去的同时，坐在他旁边的小李也一个箭步蹿了出去。而老李此时离我越来越近。

——他的目标是我！

我和老李马上就抱在一起摔倒在地，好在由于他急于脱下我的头套，使我有机会抡出拳头，一拳打在他的下巴上。我可不想以这样的方式在顾思义面前现身，所以这一拳我用尽了力气。老李整个人向后倒去，带翻了吧台边的一把高脚椅，发出可怕的声音。

我坐在地上，把歪了的头套扶正，听到周天明发出大笑。

"哈哈哈哈，想杀我灭口啊？杀人上瘾了？"

我心里一惊，艰难地抬起戴着大头娃娃头套的脑袋，只见小李双手持枪，颤抖的枪口指向周天明。

玩笑开大了吧！我挣扎着想站起身，却腿软得再次摔倒。什么爱丽丝漫游仙境，我现在只想马上叫停。咔！关机！

"小李！别做傻事！"老李坐起来，冲着小李叫喊。

小李充耳不闻，举着枪慢慢向周天明靠近。

"小李，不要……"自称老板的女人的声音传来，似乎带着哭腔。

我下意识地看向顾思义，只见她捂着耳朵躲在胖子身后，而胖子脸色苍白，嘴巴微张，完全傻住了。

"来啊，开枪啊。"周天明却一副事不关己的样子，"反正我也不想活了。"

这边的小李张大嘴巴，大喊了一声"啊——"，顾思义也高声叫着"啊——"，两人仿如和声一般，一高一低，尾音拖得很长。

最终，小李垂下了手。

众人仿佛泄气的皮球，店里的温度都似乎下降了几度。

我瘫坐着，感到一阵风从背后吹过。紧接着听到一声奇怪的人声。

"看来，今晚失眠的人很多啊。"

这声音不男不女，像隔着层东西传出来，但又不是像我们这种戴着头套的感觉。

我回过头，看到门帘被掀开，一个穿着相声演员那种大褂、头戴圆顶礼帽的人正往里走。

这人脸上缠满了绷带，连嘴都包得严严实实，只有鼻孔处有一丝缝隙，还戴着一副大墨镜。不仅如此，脖子也被白色的绷带绑得紧紧的。是绷带让他的声音变得如此古怪的吧。

"怎么又来一个蒙面的……"胖子哭丧着脸，说出了我的疑虑。

绷带人对屋里古怪的氛围视若无睹，镇定自若地朝里走，经过我身边时看都没看我一眼，然后他把老李从地上扶了起来。我见状自己站了起来。

"你……你是谁？"老李莫名其妙地瞪着扶他起来的人。

"吾是客人。"

"你和他们是一伙的吗?"老李问。

"他们?"明白老李说的是戴着头套的我和周天明后,绷带人摆了摆手,他的手上也缠满了白色的绷带,"不是,吾一个人来的。"

说着,绷带人突然夺下了小李的枪,小李正要反抢,却听绷带人说:"就算是玩具枪,大半夜拿着也很吓人。"

小李惊讶地反问:"玩具枪?"然后转头看向周天明,像是在问他。

周天明不置可否。

"十五年前奉贤区一家玩具厂造的,商标还没撕呢。"绷带人在手上把玩着枪。

众人都被这一幕惊呆了。刚刚制造了一场混乱的竟是一把假枪,还是被一个贸然闯入的奇怪绷带人说穿。没有人敢在此时轻举妄动。

"你怎么知道的?"女老板开始试探。

"吾看到商标了啊。"虽然声音很奇怪,但绷带人的语气非常肯定,"吾家里收藏的十五年前的报纸上说这家玩具厂的仿真枪造得特别逼真。"

绷带人又把枪扔给小李,小李手忙脚乱地接住了。

绷带人抬了抬圆礼帽的帽檐,看了看周天明,又看了看我,说:"汝二位,是这家店的吉祥物吗?"

"客人。"回答他的是老板,"他们和你一样,是客人。"

老板说完,还看了我们一眼。她应该是怕我们说出什么不该说的话吧。周天明没有反驳。

绷带人发出令人不悦的笑声,可能是因为脖子上的绷带缠得太紧,笑了一会儿就变成了咳嗽。

"汝们来喝咖啡,为什么打扮得这么奇怪?"

这话应该由我们来问才对吧!

"我说兄弟啊。"胖子发言了,"你这半天什么五啊六啊的,我都听不太懂,请讲普通话好吗?"

"这不是方言,这是汉语。"

"我明明也是个中国人,您这汉语,和我们说的咋都不一样啊。"

绷带人似乎生气了,无情地反驳道:"汝们说的汉语,才是离经叛道。"

这个人的到来让店里众人都松了一口气,我觉得连周天明都对来人有些兴趣,而忘记了之前的争执。

"汝们,谁是老板?"然而,刚放松下来的气氛又因这一句话而紧绷。

这是一个致命的问题,周天明就是从这个问题开始推理出洗手间里有尸体的,现在听到绷带人这问,我心里都替他们捏了把汗。

遗憾的是,他们没有吸取教训,所有人再次互相对视,神态和节奏都和之前一模一样。气氛十分凝重。

"哦?"绷带人觉察出了异样。

女老板连忙接口道:"我,我是这里的老板!"

"汝是老板吗?"绷带人慢慢问道。

"我……不是吗?"

"汝不是。"

"那我是……"女老板明显已慌了神。

"汝是服务员。在客人面前,店里的老板也是服务员。"

女老板长出了一口气,说:"您说得对,我是服务员,服务员。"

"那么，吾要点单了。"

"啊，对，点单。那个……"

"菜单在那边。"周天明突然开口，并伸手指了指收银台方向。老板犹豫了一下，终于决定走到吧台里面，从收银台下面拿出一份菜单。

周天明悠闲地靠在了洗手间门旁的墙上，又嗑起了瓜子。我看着他，依旧不知道他葫芦里卖的是什么药，只好暗中猜测，或许他真的是想"打劫时间"，也就乐得当个看客。

绷带人把菜单随手翻开，摊在桌上，然后在长褂的袖子里摸索了一阵，掏出一个黑色的盒子，盒子上写着：文房四宝。

所有人都看呆了，他又在众人的注视下打开盒子，拿出砚台，心平气和地研墨。墨汁的味道渐渐弥漫四周，接着，绷带人从盒子里拿出一支毛笔，下意识地想塞进嘴巴里顺一顺毛，但嘴上包着绷带，笔直接戳在上面，毛更岔了。

绷带人叹了口气，却悠悠说道："好，难不倒吾。"

我以为他要解绷带了，不由得凑近了些，没想到他直接把毛笔戳进了砚台，慢慢用墨汁把毛笔头整理好了。

胖子和顾思义嘀嘀咕咕了一阵。

绷带人大笔一挥，在菜单上写了起来，原来他口中的"点单"是在菜单上直接写。

绷带人将菜单拿起来给老板看。

——没人看得懂写了些什么。

"这是……什么？"老板问。

"汝看不懂吗？"

老板摇摇头。

绷带人叹了口气,说:"茶。"

胖子哀号了一声:"写的什么鬼画符!"

这时我好像听到周天明发出了笑声。

老板愣了一下,四下看看,说道:"抱歉,这里是咖啡店,没有茶。"

"没关系,吾带了。"似乎早料到会是这种结果,绷带人从衣袖里掏出一个绿色小铁盒,把铁盒交给老板,嘱咐道,"少放一点,沏浓一点。"

咖啡店里一时间无人说话,老李假装咳了一声,问绷带人:"这位呃……应该是先生吧?你是烧伤了吗?"

"没有,吾很健康。"绷带人补充道,"就是有点透不过气。"

"理解,理解。"老李和胖子对视了一眼,接着问,"那你为什么要这样呢?"

"吾是作家。"

"哦……作家……作家为什么要这样?"

作家两个字吸引了我的注意力,我打量着绷带人,突然觉得好笑。店里八个人,如果我也算的话就有两个作家了,而这两个作家,都不露脸。

"吾是蒙面作家。"绷带人道,"吾怕在外面被别人认出,这样保护自己。"

"这么说来,你很有名咯?"

问话的是小李,我知道他为什么这问,应该是担心名人的闯入,让之前的事情更难隐瞒吧。

"吾还没有名。"

"那你这是何苦呢?"

"有道是'白日依山尽,黄河入海流',我要早做准备。"

星儿说我没有天赋，但此时我真想大声嘲笑眼前这位"作家"，简直狗屁不通啊。

这时老板把沏好的茶端了过来，蒙面作家道了声谢，往缠着绷带的嘴边送了送，马上叫道："烫死吾了！"接着又在长褂袖子里掏了一阵，拿出来一把扇子。他把扇子"刷"的一下展开，扇面上写着三个漂亮的毛笔字——"精气神"。然后拿着扇子对着杯子扇。

我又看向周天明，他没嗑瓜子了，低垂的大头娃娃头套让他看起来十分诡异。我决定过去问问他情况，我想走了。

而我刚转过身，就听见那不男不女的声音说道："汝们刚才在玩什么啊。别看吾打扮得很拘束，其实性格是很外向的，不考虑加上吾一起吗？"

明明是很轻佻的话语，我却觉得像铁板一样沉重地压在我背后。

他是不是发现了什么？他到底是谁？

我转过头，看到老板又在抠手指甲了。

"有道是'鹅鹅鹅，曲项向天歌'，汝们不要再隐瞒了，吾早就发现了。"蒙面作家缓缓说道，"汝们，在玩性爱派对吧！"

"啊？"不知是谁发出困惑的声音。

蒙面作家放下扇子，接着开口道："如果吾猜得没错，那边的洗手间里，藏着两个赤身露体的男人。"

第八章

我考虑了很久。

不是考虑是选择和顾思义一起去河南,还是选择去星儿家,对我来说答案不言自明。星儿家我随时可以去,但和顾思义单独出去一日游的机会可能不会再有了。我考虑的是该用什么借口,最终决定拿工作搪塞。

星儿总能看穿我的谎言。由于历史战绩不佳,导致我在电话中说得磕磕巴巴。星儿也许听我说第一句话的时候就心知肚明了,她冷淡地应着,说那等你忙完再说吧。

那么至少表面上,我过了这关。

我和顾思义直接约在上海火车站见面,火车出发半小时前她才出现。她穿了一件亮黄色的风衣,在人群中格外亮眼,不过妆容比那天在电视台门口遇见时要淡得多。

周天明的老家在河南太康,那里没有直达火车,需要先坐到周口,再转乘大巴。也就是说,光是单程,我和顾思义就有十多个小时单独相处。

火车的座位并不宽敞,坐下后,我明显能闻到顾思义身上散发的香水味。

"我本来还以为你会拒绝呢。"顾思义用手指卷着耳机线,若无其事地说道。

"拒绝什么?"

"拒绝和我一起去河南啊,这一路光来回就要将近两天。你不是开公司嘛,很忙的,不像我,大部分时间没活儿干。"

"其实也没有你想象中那么忙。我是老板嘛,事情都交给员工做就行了。"

"果然是他骗我。"

"谁?"

"宋瑜咯。"顾思义冷冷地说,"他不是也是开公司的嘛,老说没时间陪我,忙啊忙的,我说你不是老板吗,事情都交给员工做不就好了?他居然说,就因为是老板,所以要比员工更忙啊。真是气死我了。我看啊,他肯定是在外面有花头。"

"各行各业不一样。"我不能说是因为工作室快倒闭了我才这么悠闲的。

"对了,你和他聊得怎么样?"

"有点收获,他告诉了我小李老李的组合。"于是,我把那天和宋瑜的聊天内容跟她复述了一遍,说到最后,我从包里拿出小盒子,"这是他让我转交给你的。"

顾思义似乎有点反感,我把盒子举到她面前,她才收下了。收下之后,她并没有打开,只是紧紧捏在手里。

"不打开看一下吗?"

"等你睡着再看。"

"怕是大钻戒伤我自尊心?"

"那要不你也送我一个。"

我不知道该怎么接,只好另起一个话题:"你们……为什么分手?我看他人挺好的啊,又有钱。我的公司都没他家客厅大。"

"是啊,你说得没错。宋瑜条件不错,对我也好。但我耗不下去。"

"怎么呢?"

"一直说工作忙,工作忙,忙到连结婚的时间都没有。他是男人,忙事业忙到四十岁、五十岁都行,但我可等不起啊。"

我蓦然惊觉,眼前这个打扮年轻的女人,和我一样已经三十二岁了。在我的印象中,她的年纪一直停留在大学时期。

"不结婚,只好分手咯。女人就像圣诞树,过了二十六,就没人要了。"顾思义叹了口气,"不过也是我性格有问题,太活络了,和宋瑜分手后,这两年也一直没找着更合适的结婚对象。早知道这样,还不如再坚持几年,说不定现在我已经是宋太太了呢。"

"他还没结婚,而且我看他也没忘掉你。你可以找他啊。"我酸溜溜地说。

"那多傻,我宁愿孤独终老,也做不出这种事。"她斩钉截铁地说,"而且,他要是还对我有意思,可以主动来找我啊,我看也没有嘛。"

我"嗯"了一声,不知道该说什么好。顾思义把头扭了过去,看向窗外,火车刚离开上海,窗外是一片片田地。看她似乎在犹豫要不要塞上耳机,我便问道:"听的什么?"

她没回答,默默把一只耳机递给我。我塞进耳朵,恰好听到:"欢喜侬,绍兴路,昆剧团旁边是文艺出版社……"

是顶楼马戏团《欢喜侬》的开头,她以前一听到这首歌就会突然把一只耳机塞进我耳朵,所以我对这首歌的开头印象特别深刻,甚至还曾暗自决定,以后如果要创业,就要把公司开在绍兴路上。

可现在,她不会再把耳机塞进我的耳朵了。想要在绍兴路上开一家出版社的愿望也离我越来越远。

"对了,我去过那家咖啡店了,没了。"我把耳机还给她,开口道。

"什么?"顾思义转过头茫然地看着我。

"两年前的那家咖啡店。和宋瑜分开后我去了一趟。真是奇怪,明明那里离我每天工作生活的地方那么近,我却从来没去过。结果,那里变成了另一家咖啡店,叫'早点睡咖啡店',装潢也都换了。"

"啊,那一晚就像上周发生的事情呢,没想到已经过去两年了。我也拍了几出戏,但都没有那晚发生的事情富有戏剧性。"

"是啊,真的很有戏剧性。"我赞同道,"一会儿什么杀人,一会儿什么性爱派对,要不是最后有个大活人从洗手间跳出来,我还真信了。"

"我也差点信了啊,都怪周天明和蒙面作家说得有模有样的。说实话,你们两个戴着头套进来,还拿出枪,我魂都吓飞了。宋瑜也是真的怕了。"

"怎么看出来的?"

"他不是一直挡在我面前嘛。"顾思义轻轻笑了一下,"你别看他长得五大三粗的,其实特别胆小、怕水、怕鬼、怕火、怕高、怕昆虫,凡是有人怕的东西,他都要算上一份。有时候路上看到一条小狗叫几下,他都会躲到我身后。其实他心里知道,这些东西都不致命,他在我面前展现的害怕更多的是一种撒娇。可那天晚上不一样,我们都不清楚你们是什么来头,冲进来说要打劫,还有枪,那可不是闹着玩的,弄不好真要出人命。恰恰是这种真正危险的情况,他下意识地挡在了我面前,可能希望自己的几百斤肥肉能够做我的防弹衣吧。所以我知道，他是真的害怕。"

这个逻辑可能只有她自己才能理解。我不愿意多想，想多了难受。

"不过我的害怕是装给他看的，其实我并没有那么害怕。"说完，她又补充道。

"为什么不怕？"

"因为我认出其中一个戴头套的人是你，而你是不会做太出格的坏事的。"

"也许我变了呢？"

"人只会变得急，不会突然变坏。"

"这是从哪一期《知音》上看来的句子？"

"是我自己总结的啦。"顾思义总算被我逗笑了，"我知道你的为人，如果有一天，你真的拿着枪去做坏事，只可能是被某件事情逼得走投无路了。碰到这种事情也没办法啊。小时候我看电影，总是希望不要结束，不要结束，最好电影能一直放下去，但长大后就不同了，不管是不是好电影，我都希望它快点结束，好像时间很紧迫，迫不及待地要完成一个任务，勾掉一件还没完成的事。这并不是说我变得不喜欢看电影了，只是我变急了。"

"嗯……知名作家顾思义啊。"

顾思义又笑了起来。

"那天我们离开后，又发生了什么事？"我把话题拉回到两年前。

"后来没什么事了啊，你们离开后我就跟着宋瑜走了。"

"大家都只是一面之缘啊。"

顾思义沉吟半响，突然说道："那天你跟我说完你和周天明的事情之后，我一直在想这样一个问题：周天明和小李那天晚上应该也是第一次见面吧？"

"应该是吧。那天晚上，蒙面作家和我是最早离开咖啡店的，但至少在咖啡店里，周天明和小李似乎没什么交集。也就是说，如果两人发生了什么，也是在……在我们离开后。"

"对，我记得周天明不是跟小李一起坐老李的车走了嘛。两年后，小李却在使用周天明的身份，还模仿他嗑瓜子的习惯，并且被害了。不知道他们离开后发生了什么。"

"所以，你才想和我一起去周天明的老家探访？"

"是啊，我不认识老李，有迹可循的只有周天明了。如果周天明在老家，那我们说不定可以从他口中问出小李伪装成他的理由。如果他不在老家……"顾思义直直地盯着我看。

"怎么？"我被她盯得有点难为情。

"那他很有可能就是杀害小李的凶手！"

我们聊聊停停，火车从白天开进了黑夜，车上的照明并不亮，翻了几页稿子，眼前越来越模糊，我不小心睡了过去。周天明戴着头套出现在梦里，梦真的无法解释，明明没有看到脸，但我确信他就是周天明。他朝星儿开了一枪，却被宋瑜挡住了，宋瑜的胸口开始淌出半透明的液体，分不清是血还是脂肪，随着液体越淌越多，宋瑜整个人瘦了下去，逐渐变成小李。顾思义挽着一个穿着得体的卷发男人从周天明后面走了出来，对发生的一切目不斜视，走近后，我发现她挽着的男人居然是小赵，他们两人身上散发出好闻的香水味，令我心旷神怡，我不禁想要鼓掌祝福他们。

被顾思义摇醒后，我听到火车的广播提醒，说前方即将到达周口站。已经有人从座位上站了起来，在行李架上拿东西。我手忙脚乱地把稿子塞进包里，不敢与顾思义对视，怕她看穿我的梦。

那个宋瑜托我转交的小盒子，已经不在她手上了。我看着她的双肩包，知道她肯定趁我睡着时打开看过了。

说来也怪，条件艰苦的火车上，我坐着都能睡着，真的躺在旅馆的床上时，却辗转难眠了。还好我们登记入住时已经凌晨，这一夜格外短，我并没有失眠多久，天就亮了。

顾思义好像睡得很好，她活力四射地走在前面，还让我快一点，不然赶不上大巴了。

从大巴上下来后，她招了一辆黑车，直接把周天明家的地址给司机看。司机报了一个价格，顾思义没有还价，二话不说就坐了上去。开了十几分钟，目的地就到了，这时我才发现司机报的价格有多离谱。

本来我以为周天明的老家在一个村庄里，每家每户都是独栋的自建房。结果只猜对了一半，确实是独栋的自建房，但这个地方似乎并不能叫作村庄，如果从空中俯瞰，基本上就是一大片农田，上面种什么的都有，偶尔有几间平房散落在农田旁，路上看不到一个人。荒芜、萧条，这是我对这个地方的第一印象。

还好这些平房至少还有门牌号，我们一路询问，终于来到一幢房子前。房子的白色外墙已经剥落了一半，露出黑色的砖头，远看就像得了皮肤病一般。

刚走到大门口，恰好一个穿着蓝色布衣的老人从家里走了出来。他弓着背，脸上的皮肤又黑又硬，皱纹像用刀子刻上去的一样。他的眼神很复杂，说不上是害怕还是警惕。

"你好，老伯，请问这里是周天明家吗？"顾思义不愧是艺人，表情和口吻就像在拍综艺节目一样，无可挑剔。

老人听到"周天明"三个字，脸色明显起了变化。

"不是。"他用当地方言回答，还好北方的方言大多好懂。

顾思义看了我一眼，接着说："可是，我听说周天明就住这里啊。"

"不是，没有。"老人摆着手准备关门，这时又走出一个瘦瘦的老太太。她长得矮小，头发花白，背没有老伯那么驼，但一样满脸皱纹，让人怀疑是不是用的同一把刻刀。她把手在围裙上擦了擦，说道："老头子，让他们进来吧。"

声音听起来比长相要年轻得多。

老伯没有马上把我们让进屋，而是问道："你们是谁？"

"我们是周天明的朋友。"

老伯佝偻着身子，来回打量着我们，从头到脚，似乎想从我们身上找出"周天明的朋友"的痕迹。良久，他的眼神才逐渐缓和，表情变得有点难受。最后，他竟不发一语地从我们身边走过，越走越远了。

"进来坐吧。"老太太看到老伯出去了，又招呼我们道。

我们踏进这间破败的小屋，屋里很暗，采光不佳又没开灯，灯泡上结着蛛丝。一进门就先看到一口土灶，这间屋子里称得上家具陈设的只有两个破柜子、一张桌子和两把椅子。

老太太把两把椅子往外挪了挪，示意我们坐。看着只有两把椅子，我和顾思义都不好意思了。

"没事，我晒晒太阳。"我主动退到门边，靠在门框上，看到老伯在屋外站着。

老太太没有坚持，坐了下来。顾思义也跟着坐下了。

从我们进屋，老太太的视线就一直没有离开我们，尤其在我身上停留的时间更长。坐下后,她并没有询问,而是更加热忱地盯着我看。

"那个,阿姨啊……周天明在吗……"顾思义斟酌着字眼说道。

老太太眨了几下眼睛,说:"我是周天明的妈。天明他还好吗?"

这句话仿佛兜头一盆冷水,很明显,周天明没有回家。

既然如此,我只好如实相告:"其实我们已经很久没见他了。上一次见他还是两年前。这次来是因为有些事情想找他,他最近回过家吗?"

老太太的失望溢于言表,她垂下双目,过了一会儿才又抬起头说道:"天明他已经两年多没回来了。"

又是当头一棒。这真是出乎我的意料,没想到他这么久没回过家了,那我也就能理解听到"周天明"的名字时,他父亲所表现出来的态度了。

我感受到顾思义催促的眼神,但此刻我真的想不出该说什么好,只得傻乎乎地说了句:"您二老放心,两年前我们见到他时……他很好。"

老太太不停地点着头,似乎在努力消化"他很好"这个说法。接着吸了吸鼻子,问道:"你们找他,是有什么事啊?"

我和顾思义对视了一眼,彼此心里很清楚,既然周天明已经这么久没回老家了,其实也没什么事可问了。

"阿姨,我们就是想他了,可怎么都联系不上他。这几年,周天明有没有打过电话,或者寄什么东西回来啊?"顾思义放慢语速说道。

老太太笑了下,说:"一开始有电话。我们家里没装电话,天明就每个礼拜打电话到小王家,让我们去听,电话费贵,也不好说太长时间,天明说等他毕业之后就给家里也装一个,这样天天能打电话。可毕业之后,他就再也没打回来过。"

"就差不多是两年前吧?"

"是的。我一开始想,肯定是因为刚开始上班太忙了,等过一段日子,他一定会回来看我们的。可是啊……"老太太说到这里,又只是吸了吸鼻子,没有说完。

"那你们没有去上海找过他吗?"我问道。

"我们没本事啊。"老太太叹了口气,"去上海那么远。再说了,我们不知道去哪里找天明啊。听说上海很大,人又多,我们去哪里找啊,他要是想回来,肯定会回来,要是不想回来……"没说完的话好像更加刺痛人心。

"阿姨,那您还记得,天明最后一次打电话回家,具体是什么时候吗?"顾思义问道。

"十月头上。"老太太不假思索地说,"我记得很清楚,那个时候正好第一批葵花子熟了,我还问他要不要炒了寄一些过去。可是天明说不要了,想吃的话上海到处都有的买,比家里寄过去方便。唉……自己家炒的,和外面的怎么会一样呢……"

老太太似乎还想说什么,这次却被顾思义抢了先,她眼睛闪着光,追问道:"阿姨,你经常给他寄瓜子过去的吧,肯定有他的地址吧?"

"以前都是寄到学校去的啊,毕业之后就没有寄过了。"

"也是哦。"顾思义眼里的光又熄灭了。

"阿姨,天明跟您打电话的时候,有没有说起过他在上海有什么朋友?"我换了个思路问道。

老太太目光定定地看了我一会,才说:"没有。他每次打电话过来,都问我们怎么样,不太说自己的事情。我们问呢,他就说挺好的,让我们放心。我和老头子还担心他在外面被欺负呢。今天才知道,他真的有朋友啊……"老太太似乎想不出合适的词汇,只好对我们笑了笑。

我不死心,又进一步追问道:"我们还有两个朋友和天明挺熟的,叫小李和老李,天明他提过吗?"

"没有。"老太太摇摇头,"怪我们关心他太少啊。唉,我们这小地方,年轻人都想着出去,就我们天明最出息,考上了上海的大学。村里人见到我们就说'你们好福气啊,儿子以后赚大钱',结果呢,现在是死是活都不知道啊。你们哪,你们觉得我们家天明,会不会出什么事啊……"

老太太突然抓住了顾思义的手,语气也渐渐激动,我正准备劝阻,却被顾思义的眼神制止。

顾思义反过来握住老人的手,语气轻松地说:"出事,出什么事啊?不会的,您别多想。他在上海,要是真出事了,警察同志会来通知你们的,可是没人来通知你们天明出事了吧,那他就肯定没事。不过啊,上海压力大,天明他可能是怕让你们失望,才暂时没联系你们。等他赚了大钱,肯定第一个回来接你们过去享福呢。"

我真是佩服这个家伙。

老太太望着顾思义,发出一串呜呜噜噜的声音。门外的老伯突然走进来,眼睛不看我们,语气生硬地说:"你们回去要是看到他,告诉他,我们不图他赚大钱。"说完就进了里屋。再出来时手上拿着一簸箕瓜子,也不说话,就凑到我和顾思义面前。

老太太又抓着我们聊了很久,主要是讲周天明小时候的事,有些事情她已经讲了两三遍了,却仍不厌其烦地说着。我们也任由她抒发对儿子的思念。

太阳快下山时我走到屋外想抽根烟,发现周天明的父亲正佝偻着身子准备把几个晒在外面的竹匾收进屋,我上去帮忙,他没有拒绝,也没有表示感谢。大竹匾里都装满了葵花子。

忙完后,我给老人递上一根烟,然后我们两人就蹲在墙边,看夕阳,看不远处的烟囱里冒出的炊烟,默默地抽着。我用余光偷窥老人,他脸上的皱纹让我无端心疼,心里骂了一句周天明,想知道此事真相的心情更加迫切了。

临走时,老太太装了满满两大塑料袋瓜子,说是自己炒的,硬要我们带上。

我和顾思义提着瓜子走在土路上,正为天色越来越晚而担心时,正好看到有人开着三轮车经过。辗转公交,到达周口时,月亮已经爬了上来,我们决定随便吃一顿饭,然后在附近找个小旅馆住一晚。

这一趟旅程毫无收获,我们俩都有些沮丧,找到住处后就各自回房间了。洗完澡我躺在床上,突然生出个念头,于是跳下床走到窗边。窗外一片漆黑,天上星光点点,肉眼清晰可见。我欣喜地打开窗户,冷风呼地灌了进来,我连忙披上外套。

我已经很久没有看到这么美的星空了,看得入了神。不知看了多久,传来了敲门声。我依依不舍地关上窗户,打开房门,看到顾思义站在外面。她穿着睡衣,头发还湿漉漉的,应该是刚洗完澡。

没等我邀请,她就直接闯了进来。小旅馆的房间并不大,顾思义一进门就盘腿坐上了床。

"冻死我啦。你这屋子怎么这么冷啊。"

"我……我刚才开了会儿窗户。"

她疑惑地看了我一会儿,然后嬉笑着说:"喝酒!"说完不知道从哪里变出来两听啤酒。

"不休息啊?"我问,"明天还要坐十几个小时火车呢。"

"现在这不是就在休息吗?"她反问,"人啊,不是只有睡觉才算休息的。做放松的事、开心的事,都是休息。"

我拿过一听,打开喝了一口,呵呵笑着说:"要不要拿瓜子来配啊。"

"对对,周天明瓜子不离嘴,我倒要看看他家的炒瓜子有多好吃。"

我去拿瓜子,又想起周天明之前说过的话,不由得感叹:"这可能也是他讨厌回家的理由吧,父母除了瓜子,什么都不能给他。"

"如果周天明讨厌父母、讨厌老家,就不会无时无刻不在嗑瓜子啦。我认为,周天明并不是一个忘记父母的不孝子,相反,他很爱他们。"

"那为什么两年多了,他都不回来看他们一下?甚至连个电话都没有?"

顾思义皱着眉咽下一大口啤酒,说:"两种可能,第一,他死了。第二,他有难言之隐。不管是哪种……"她又喝了一口酒,"要弄明白小李命案的真相,周天明必须活要见人,死要见尸!"

"姐姐啊,你说的都是废话嘛。"

"别人可以叫我姐,你不许。"她朝我脸上丢过来一粒瓜子。

我没接话,转而说道:"不过我原以为这次过来肯定会很有收获的,没想到还是一无所获。"

"不是吧,我觉得很有收获啊。"

"有什么?"

"现在还不能说。"也许是酒精的作用,顾思义的脸颊开始泛红,她调皮地眨眨眼。

我以为她是在卖关子,等着她往下说,没想到她真的闭口不谈。

"我终于知道为什么推理小说是小众了,就因为那帮侦探的性格啊,太讨人厌了!"

"不说这个啦。"她把剩下的啤酒一饮而尽,"休息时间,聊点轻松的吧。"

"行,那我们聊点别的。"

话虽如此,但我也不知道该聊什么。似乎话题一离开命案,房间里的气氛就瞬间变得尴尬了起来。穿着睡衣的前女友盘腿坐在我的床上,露出光溜溜的两条腿,我只好把视线再次转向窗外的星光。

"我问你,和我出来这两天,你真觉得没有收获吗?"顾思义突然问了一个莫名其妙的问题。

"我没你聪明,还是搞不懂周天明是怎么回事。"

"都说了,不聊这件事了。"她有点嗔怒地说道。

"那你指的是?"

"和我单独在一起两天,你觉得有没有收获?"

顾思义凑到我身边,她的脸几乎要贴在我的脸上,洗发水的香味直往我鼻子里蹿。我知道,只要我往前一点点,接受这份再明显不过的主动示好,就会开启一段新的感情。

"什么意思?"然而我却往后连退了几步。

我搞不懂自己为什么要装傻。明明在出发前我期待的就是这样,我想要和顾思义独处,最好能重温旧梦。此时她穿着睡衣在我的房间里跟我说暧昧的话,不正是我盼望的吗?可为什么这一刻,我心里想的却是另外一个人呢?

醒醒吧,我警告自己,我是单身,她也是单身。千万不要辜负了她。

可顾思义没有再进一步,她把空啤酒罐扔进窗边的垃圾桶,走了出去,没有回头看我一眼。我甚至不知道离开时她脸上是什么表情,一句冷冰冰的"晚安"是她对我说的最后一句话。

她刚离开,我心中就涌上懊悔之情,恨不得扇自己几个耳光。房间内的香味很快就消散了,我把窗帘拉好,担心外面的星星看到了刚才发生的事。

躺在床上,难以入眠,眼睛盯着漆黑的天花板,心里想着乱七八糟的事。千头万绪,每件事刚想明白一个开头,思绪就又跳到另一件事情上。有一万件焦虑的事情,却一件都不想做,我想,今晚没法好好休息了。

我突然很想抽根烟,刚擦亮打火机,又觉得房间狭小,等下烟味不散恐怕更难入睡。辗转反侧实在难受,于是我披上外套,轻手轻脚地走出了房门。

走廊里一片漆黑,只有前台亮着一盏台灯。我经过前台,发现没人值班,心想万一有人来投宿可怎么办。但转念一想,确实不太可能发生这种事。

外面很冷,没风,我吸着烟,用脚尖踢弄着地上的碎石。天空呈现出一种暗蓝色,四周没有路灯,却一草一石都能看得很清楚。原来在没有光污染的地方人会不那么怕黑,我被这幕布般的夜空弄得心情好了点。

抽了两根烟,我搓了搓手往回走,想着还能睡上几小时。

走廊上,我突然感觉前方有什么东西一闪,好像是一个人走过，但只看到蓝色布衣的一角。是其他客人吗？可直觉告诉我有些不对劲，因为那个人进入的房间，怎么看都是我隔壁——顾思义的房间。

于是我走到她的房间门口，把耳朵贴在紧闭的门上听。没听到有什么动静。应该是看错了吧，蓝色布衣也不像是顾思义的穿衣风格，可能是当地的老人吧。

虽说看错了，那要不要以此为借口，敲敲她的门呢？

一瞬间我心里闪过这么一个念头，不过我马上笑着摇摇头。

回到床上后，我很快就睡了过去。

因为要赶清晨的火车，第二天我很早就起床了，但迟迟不见顾思义出来，往她的房间打了五次电话，都没人接。微信自然也没回。

眼看着再等下去就赶不上火车了，我便给她留了言，之后自己先去火车站了。

结果直到火车开动，顾思义都没有出现。旁边空着个座位，一路上我都失魂落魄的。这期间我发了几条微信给她，也厚着脸皮拨了几通电话过去，都没有任何回应。列车报站前方即将到达上海站时，我已经混乱不已。

这几天真的像做梦一样，和突然出现的前女友去了一个从来没有去过的地方，一直态度冷淡的前妻还在家里等我去拜访。而我的事业，我的梦想，却离我越来越远……

这几天没去工作室，却也没人打电话来问我怎么回事，此时我不禁有些担忧，但又觉得是瞎操心。

说到底，是我把一切都搞砸了啊。这么想着，我突然感到疲惫不堪，十几个小时没有进食的肚子也叫了起来。我鬼使神差地给星儿发了条微信，问能不能去她家吃晚饭，同时在心中暗骂自己真是莫名其妙，和前女友出去，自己一个人跑回来，竟然又去找前妻。

星儿很快就回复了，只有简单的一个字：好。

趁这个机会，我索性把工作室的情况也跟她交代了吧，生活费的事，能凑出来就给，实在凑不出来那也没办法了。

从上海站出来，我直接坐地铁去了星儿家。离婚后，她一直住在父母家，我不愿去找她也是因为怕她的父母。结婚的时候他们就觉得我配不上星儿，如他们所愿离婚了呢，他们又觉得我对不起星儿，所以我一直很恐惧与他们交流。

我按响门铃后，星儿很快就来开门了，蒸鱼的香味从厨房飘了出来，那是我最喜欢吃的菜。

不知道是为了我特意准备的，还是刚回来还来不及卸妆，星儿不仅化着妆，头发也打理过，穿着一件蓝色牛仔外套，时髦而干练。

"刚下班？"她问。

我不想骗她，但这个问题实在不好回答，我只好装没听到。

"你爸妈呢？"

"出去吃饭了。"

"不想见我？"

"你也不想见他们啊。"星儿扔给我一双拖鞋，让我换上，"鞋子脱外面吧，脏得像在乡下走了一天似的。"

我一阵心虚，连忙换上拖鞋。进屋之后，我拘束地站着，星儿却没把我当客人。

"傻站着干吗，洗手啊。洗完手过来端菜。"

我连声应着，到厨房帮忙。说实话，星儿这个态度很好，两年的距离，好像一下子就被斩断了。

"蒸鱼豉油在上面的橱柜，你倒一下吧。"星儿一边忙活一边说道。这一刻，我们就像一对正常的恩爱夫妻。

我把鱼端上桌的时候，星儿早就把碗筷准备好了，还放了两罐啤酒在桌上。

"你先坐，我再拌个沙拉。"

"不用这么客气，随便吃点就行了。"我说。

星儿抬头看了我一眼，说："是我自己要吃啊，你不吃别吃。又不是特意为你准备的。"

我觉得我还是少说点话，多提问。

"你……最近怎么样？"

"下次再在我家问这种形而上的问题，罚款。"星儿的声音从厨房传来，"能怎么样呢？该吃吃，该睡睡，该出门出门，该回家回家，你想听这种回答吗？"

"那好，我问得具体点。你最近工作怎么样？"

"和你离婚后，我就没上过班。"她提高了音量，"离婚改善生活啊。"

只有我离婚之后过得更惨了啊！当然这话我不敢明说。

"挺好的啊……可你不会无聊吗？"

"你上班是为了不无聊吗？"厨房里传出一阵响动，接着星儿又说，"看书，看电影，健身，逛街，旅行，喝下午茶，每天这些事情我都做不过来，怎么会无聊？据说日本现在就有这样的问题，男人大清早出门上班，半夜还在外面应酬，自以为每天忙得不得了，生活充实，结果退休之后，发现自己完全和社会脱节了。原来的朋友、每天的行程都是和工作绑在一起的，一旦离开了工作，他们都不知道做什么。所以每天都很焦虑，怀念以前上班的日子，七老八十了还渴望再就业。他们的太太呢，做全职太太时在家就看看书，出去学学花道茶道之类的，结识了很多志趣相投的朋友，经常约着去登山野营什么的，年纪大了也无比充实。"

真搞不懂，星儿跟我说这么一大堆干什么，正想着，星儿端着一盘沙拉出来了。

"你怎么样，公司经营得如何？"她放下沙拉，插着腰问道。

"凑合。"

"那要恭喜你啊，梅总。"星儿在我对面坐下，拉开易拉罐，和我碰了碰杯，"正好，我叫你来呢，是想跟你商量件事。"

"你说。"

"下个月开始，生活费能不能提高点？"

我嘴里的酒差点喷出来。星儿倒是"体贴"，连忙说着"喝慢点"。我心想，这是喝慢点的事儿吗？

实不相瞒，我这次来，是想跟你商量，生活费能不能免了——这句我在心里练习了好几天的话，最后说出口时却变成："你想提高到多少？"

"两万。"

我真想扇自己一耳光。

"从八千到两万，这是不是……太多了？"

"你赚得多啊，就当多招一个人咯。要是有点经验的，算上社保，还更贵呢。"

丑陋！丑陋！化着好看的妆，却掩盖不了内心的丑陋啊！

"不是，星儿，这是两码事，你这个直接到两万，真的太多了。"

"那你说多少？"

"我觉得最多就一万。"

"成交!"

"什么?"

"成交啊,下个月开始给一万。"

"不对,不对啊,你等下。"我感觉自己背上全是汗,"我刚才说的是……"

"你说最多一万,行,那就一万,我不是不讲道理的人。"星儿笑眯眯地给我夹了块鱼,"来,你最爱吃的。"

鸿门宴啊。

但已经说到这个份上了,我该怎么拒绝?可是不拒绝,我又真的没钱。

"星儿,我……你……之前的八千不够吗——"

"不够啊。"星儿打断道,"女人的日常开销是很大的,衣服、鞋子、首饰、化妆品,我都好久没买包了。还有,我找了个健身私教,一周去三天,每个月算下来也很贵。"

"健身私教?"我问,"男的女的?"

"你管这干吗?"星儿白了我一眼,"女人一旦发胖,就会面目全非,你也不想走在路上认不出我吧?而且,最近啊,我还想开家咖啡店。"

"什么?你这是什么突发奇想,你又不懂咖啡。"

"那要不开个花店?我养花很厉害啊。"星儿眨着大眼睛,认真地看着我。

她的天马行空原本是我最欣赏也最喜爱的,可现在却觉得很烦。

"李逐星,你理智一点。"我的口气不自觉地变得严厉起来,"你生活无忧,连班都不上,就知足吧。怎么这么贪呢?"

"贪?"星儿放下筷子,"我贪?当初我们刚结婚,都有稳定的工作的时候你是怎么说的,你也说'知足吧'。然后呢,不跟我说一声就辞职?"

"我那是为了梦想。"我不敢看她,又猛灌下一口啤酒。

星儿冷笑一声:"现在我的梦想是开个花店或者咖啡店,希望你也能理解。"

我曾看不起那些说着梦想逃避现实的人,总认为自己的梦想和他们的不一样,但此时我感到犹豫,会不会当初我说出"梦想"二字时,也像星儿现在这样,听起来像在赌气,十分幼稚?

我叹了一口气,抬起头说道:"李逐星,我没有亏待过你。"

星儿也放下筷子,直视着我的眼睛说:"你从来就没把我当成平等的人对待。"

我们就这么互相盯了一阵子,最终我决定放弃。我努力调匀气息,说出一句"好,一个月一万是吧,我会想办法的"之后,站起了身,向门口走去,星儿没有阻拦。

男人的意气用事真是毫无道理,但我觉得这么说很爽。

"叮咚。"门铃声打断了我的思绪。正在门口准备穿鞋的我下意识地看向星儿,见她也吃了一惊,走了过来。

我知道星儿和父母三个人住在一起,但刚才她说父母出去吃饭了,肯定没这么快回来。那会是谁呢?我的心里突然闪过一个很不好的念头:不会是新男朋友吧?那个健身教练?

"叮咚,叮咚。"门铃声在催促着。

我居然鬼使神差地凑到猫眼上看。

可我怎么也没想到,站在门外的人是秦队。

"谁啊?"星儿走到我旁边,冲门外喊道。

"打扰了,我是市公安局的,有些事情想向李逐星女士询问一下。"

"公安局的？什么事？"

"是关于你的前夫梅寄尘的。方便的话能让我进来说吗？"

"前两天已经有一个姓唐的女警来问过了。"

星儿说着，着急地冲我使了个眼色，然后指了指客厅的一角。

我看过去，似乎是一个衣柜。她还是这么爱美啊，原来家里就是衣服多得放不下，于是她就在客厅里也加装了一个衣柜。

"对，那是我的同事，上次来只是做一些简单了解。这次我们有了新的进展。"

看来门外的人不好打发，我回以眼神，拿好鞋子，轻手轻脚地朝衣柜走去。

"我和他没有关系了，也很久没见面了，他的事我不关心。不好意思，你请回吧。"星儿冷冷地说道。

门外的人安静了一瞬，我站在衣柜边，屏住呼吸等了一阵，又听到秦队说："有些话隔着门不方便说，麻烦您开门咱们面谈。"

星儿又焦急地看了我一眼，我急忙弯下腰，狼狈地躲了进去。

家门打开的声音传来，接着就听到秦队熟悉的声音。

听接下来的动静，应该是星儿领着秦队坐到了沙发上，秦队自我介绍了一番，然后便问："李女士有客人？"

"没有啊。"星儿说，"父母正好不在家，我一个人吃晚饭呢。"

"哦。那怎么有两副碗筷？"

"给我前夫准备的。"

我心里咯噔一下，心想坏了，刚才应该对她态度好一点的。

"梅寄尘？他在这儿？"我几乎可以穿透柜门，看到秦队在扫视房间。

"不在啊。"

"那你刚才说……"

"习惯了，我每天都给他多摆一副碗筷的。"星儿的语气十分淡定，"我们以前就商量好了，谁要是先死了，剩下的那个吃饭也别忘了对方。"

什么时候说过了！而且我还没死呢。

"呵呵，看得出来，李女士和梅先生感情很好啊。"

"离婚了嘛，感情总归比结婚的时候要好一点。"

我一直惧怕星儿的伶牙俐齿，谈吐间撩挡刺砍，和她说话总占不了便宜。可现在在衣橱里听着她这样和秦队说话，倒是很解气。我也不知道为什么讨厌秦队，总觉得他盯着我的眼神像鹰眼似的，恨不得把我直接蘸点芥末就吞了。

"这样啊。"秦队说，"既然感情好，那李女士和梅先生最近有见过面吧？"

"我最近没看报，不晓得法律改了。"星儿懒洋洋地说，"夫妻离婚后再见面，会被警察抓啊？有什么新进展，请快说吧。"

"好吧，李女士，那我就开门见山了。你认识顾思义这个人吗？"

这真是出乎我的意料，听到这个名字我差点没控制住叫出声。秦队不是为了调查小李的案子而来吗？为什么会问到顾思义？

"不认识。"

"她是梅寄尘的大学同学，据说在大学里他们曾是恋人。"

"是伐，他们当初要是结婚就好了。"星儿的声音没有一点起伏。

"最近他们两个走得很近,这事你知道吗?"

我的心越跳越快,这个秦队,到底想干吗?

"不知道,我也不想知道。"星儿说,"秦队,现在是晚饭时间,你突然跑到我家里,如果只是为了告诉我我前夫的八卦,那我谢谢你的好心,但我没兴趣。"

"李女士,顾思义死了。"

这个消息太过意外,我不知道自己身体的哪个部位动了一下,衣架磕在衣橱内壁,发出"咚"的一声。我吓得屏住了呼吸,背后冷汗直流。

不过秦队似乎没有在意,他只是停顿了一下,应该在观察星儿的反应,然后接着说道:"尸体是今天早上在河南周口火车站附近的一家小旅馆中发现的,死因是后脑勺遭钝物击打。凶器就在尸体旁边,是旅馆房间内的烟灰缸。死者身穿睡衣,且致命伤在后脑勺,可见死者与凶手极为熟悉,很有可能是同住的情侣。"

汗水像虫子一样爬过我的脸,我却顾不上擦。顾思义怎么可能被杀呢?到底是谁干的?她穿着那套睡衣,露出光溜溜的大腿的模样仿佛就在我眼前。我忽然感到一阵自责,要是昨天晚上我把她留在我的房间,她是不是就不会被杀了?

"你们怀疑是梅寄尘干的?"星儿问。

"不是怀疑,是基本确定。小旅馆虽然没有监控,但有入住记录,昨天晚上梅寄尘和顾思义分别开了一间房,两间房挨着。据酒店前台说,今天早上梅寄尘一个人急匆匆地离开了旅馆,随后就在顾思义的房间里发现了尸体。"

"你是说,梅寄尘昨天晚上在河南,直到今天早上才离开?"

"从旅馆的记录来看,确实是这样的。"

"有没有可能是别人用了梅寄尘的身份证去开房？"

"可能性很小，不仅是旅馆的记录，我们还查到了梅寄尘和顾思义两人的高铁购票记录。十一月十八日中午，两人从上海火车站出发，目的地是河南周口。今天早上，原计划是两人从周口返回上海。也就是说，你的前夫梅寄尘和顾思义两人在河南一起待了一天两晚，不知道这中间发生了什么，让梅寄尘起了杀心，最终今天独自返回上海。"

"十一月十八日……"

星儿轻声念叨着，我已经心如死灰。那一天我原本答应来这里的，结果我骗她说忙工作，现在好了，谎话被警察揭穿。我有一种预感，星儿会勃然大怒，然后打开衣橱，把我拎出去交给警察。

"李女士想到什么了吗？"

"没有，我和他很久没联系了。"

"关于他们为什么要去河南，你有什么想法吗？"

"不知道，情侣旅行吧。"

"你听说过周天明这个人吗？"秦队突然话锋一转，问道。

这个秦队真是狡猾，一直在搞突然袭击。

"周天明？"星儿重复了一遍，"梅寄尘的又一个前女友？"

"他是男的，是梅寄尘的朋友。"说着，秦队又急忙改口，"确切地说，梅寄尘声称他们是朋友。十一月六日，在武康路上的一间公寓内发现了周天明的尸体。"

"我想起来了，前几天那位唐警官来找我就说过这件事，不过她没细说。"

"死者周天明在上海独自居住，没有亲戚，也几乎没有朋友。案发后梅寄尘主动找到警方，并指认了尸体。然而，我们去到周天明的老家河南太康，拿着找到的唯一照片询问，他的双亲却说那不是他们的儿子周天明。现在有两种说法，一个是周天明的亲生父母说死者不是周天明。一个是周天明的朋友梅寄尘告诉我们这就是周天明。你说，我应该信谁？"

"梅寄尘他……也可能眼花了没认准。"

"是啊，确实，死者没留下照片，我们好不容易才从房东那里找来签合同时用的身份证复印件，看起来和尸体面容也有几分相似。不过，越来越多的线索指向梅寄尘，我想他还是有事情瞒着我们。比如为什么突然和顾思义去周天明老家。"

"他这个人，很喜欢看推理小说，还想自己写。我们结婚的时候就这样，为了写推理小说，他把工作都辞了。所以我和他离婚了。"我知道星儿在替我开脱，但我真不想让秦队知道这些事，"上次那个唐警官说周天明的死很不寻常，对吧？我不知道周天明、顾思义和他是什么关系，也不知道人到底是不是他杀的，但我敢肯定，他要是在现实生活中碰到一个不太寻常的案件，绝对会不顾一切去调查。因为这就是他的兴趣，他可以不考虑钱，不计后果地去做这些事情。"

"但是换句话说，热衷这些东西的人，也很擅长给警方制造谜团。"

"哈哈。"星儿突然冷笑了两声，"他这个人，给读者制造谜团都困难，还能给你们制造什么谜团？"

"你太小看你的前夫了。被害人的死因是从十几米的高空坠亡，但案发现场却在狭小的公寓内，这件事困扰了我很久呢。"

"现在有眉目了？"

"我做学生的时候成绩不好，尤其是数学，卷子上的题目在我眼里那简直就是外星语言，你说，我连题目都看不懂，怎么答题呢?后来我想到了一招,题目看不懂,那我把题目改了不就行了吗?因为这个,我还被老师骂过。不过当了警察之后我渐渐发觉,有些题目,你不得不把它改简单了,才能知道答案。就比如这起不可能坠亡事件。"

我在衣橱里耐心地听着,听他的口气,似乎已经知道坠亡的真相了,不管他是不是在怀疑我,对于事件本身我真的充满了好奇。

"在一间普通的公寓中,有人从十几米的高空坠落身亡,这个题目很难,但如果我们不管案发现场,只看死者状态呢?"秦队说,"有人从十几米的高空坠落身亡,这并不是什么奇怪的事情嘛。所以,结论就是题目错了——那个公寓并不是案发现场。"

"房间里的地板上没有砸痕吗?"

"有砸痕,是摔死在那块地板上的。但那个房间的地板也可能案发时不在公寓内啊。尸体和地板,是案发后一起被运过去的!"

是这样吗?是这样啊……

秦队的解答让我顿感失望,原来那么不可思议的谜团,真相却这么普通。这种感觉就像知道了魔术的手法一样,揭开秘密的同时,也剥夺了所有的乐趣。

"我调查过,案发前,梅寄尘去过好几次建材市场,他说是为了装修工作室,可是我们得知,他的工作室一直没做什么装修。而且你们离婚之后,他一直住在工作室里,没别的房子可装修。那他跑建材市场是为了什么呢?我只能认为,是在为杀人做准备。"

"那真正的案发现场在哪里?"星儿问,"不管怎样,先要在地上铺好地板,再从十几米的高空把人推下去摔死,最后还要连人带地板一起运到公寓里,怎么看都是个大工程,不是简简单单就能掩人耳目的吧?"

"唉,确实,目前我们还没找到第一现场。我估计那个地方离武康路不远。要是找到了,我们早就申请逮捕令了。不过今天这起顾思义命案是有明确记录的,梅寄尘无疑是第一嫌疑人,但我们联系不上他,想来是躲起来了,所以我才来请你协助。"

"动机呢?他有什么理由杀周天明和顾思义?"我感觉星儿有点慌了。

"我干了这么多年警察,见过太多杀人犯,动机无非就是老三样,钱、爱、恨。梅寄尘也不能免俗啊,就是为了钱。"

"不可能!"星儿立刻反驳道,"我太了解他了,那个人根本就无所谓钱。要说是这个动机,我还比他更有可能杀人呢。"

"李女士,你和梅先生离婚两年了,不知道他的生活状况如何吧?"

我有不好的预感,这个秦队不仅诬陷我是凶手,似乎还要把我即将破产的事在星儿面前抖落出来。

"我不关心。我只要他每个月按时给我生活费就行了。"

"抱歉李女士,那你可能还是稍微了解一下比较好。"

我真想跳出去揍他。

"据我们调查,你的前夫近期动用所有资金买了一本小说的版权,但此书涉嫌抄袭。而他就是在此事爆出之后消失的,他公司的人也都不知道他去了哪里。"

"抄袭?"

秦队说:"对,被抄袭者名叫李潼,正是武康路公寓中的死者。"

什么?小李是李潼?!这一突如其来的消息让我脑袋一片空

白。我签下的钟晚，竟是抄袭小李的作品！

秦队继续说着："我们猜测因为这本书关系到工作室的存亡，一旦原作者站出来，就彻底完蛋了。所以……他杀了李潼，不过后来抄袭的事还是爆出来了，但因为原作者已死，梅寄尘他们很快就借助公关手段平息了丑闻。不过热爱推理小说的他又玩起犯罪游戏，他频频造访案发现场，还主动与警方接触，可谓胆大包天——"

我正在衣柜里气得咬牙切齿，只听星儿打断了秦队的话。

"秦警官，我不知道你对我说这番话的目的，我是个普通市民，听不懂你这一通案情分析。和你想找的什么嫌疑人也早已没联系了，你若是想借贬损他来刺激我，也是打错了算盘。不过呢，既然你这么说了，那我也得尽尽市民的责任。梅寄尘有没有杀人我不知道，但你说的这个动机是不可能发生在他身上的。我和他也算夫妻一场，对他的脑袋也算有点了解，他那颗脑袋里啊，净装着梦想、推理、创作这些没用的，给他钱都挖不出来。他不仅不会为了掩盖抄袭的作品而去杀原作者，反而会是第一个拿起大刀讨伐抄袭者的人。"

这把大刀第一个扎进我的心里。我在黑暗的衣橱里，握紧拳头，心里千头万绪，而最猛烈的情绪可能是后怕。我差一点变成一个怎样的人了啊？

然而外面的秦队明显对我的"品格"毫无兴趣，他安抚了星儿几句，直接问道："所以李女士你不准备告诉我们警方梅寄尘现在在哪里？"

"我说了我不知道。我和他没什么联系了。"星儿声音颤抖，让人心疼。我不由得凑近门缝，想看看她。

"有没有联系，其实很容易查。李女士，如果您又想起什么，随时可以联系我。另外,如果梅寄尘能主动来警局协助调查,对他也是好事。"

我没听到星儿再说话,接着是一阵窸窸窣窣的声音,关门声传来后我很想马上冲出柜子,却不知为何脚下发僵。是站麻了吗?为什么感觉心脏都麻木了啊。秦队说得没错啊,如果我早就知道李潼在那里,可能会让我的工作室关门,我会去杀了他吗?会的吧。恐怕我已经这么做了。我就是一个这样的人啊,总是让人失望,总是一事无成,总要别人点出来才能意识到自己的愚蠢和卑鄙。

是我做的吗?或许是梦里做的,是另一个人格做的吧。不然我干吗对这个案子这么上心啊,与利益无关的爱好能让一个人那么疯狂吗?

我想大笑着冲出衣柜,我要嘲笑李逐星,嘲笑她所谓对我的了解,笑得她把我赶出家门——

"出来吧。"

眼前突然亮起来,我不由得眯起眼睛。星儿在模糊的视野里笑着,"你笑什么呢!"我真想大声质问她,耳边却先传来她的声音。

"梅寄尘你怎么哭了啊!"

最终我是跪着出衣柜的。就跪在星儿面前。她笑得前仰后合,然后俯下身把我扶起来。我突然有一种熟悉的感觉,而记忆中上一次做这个动作的时候,她噙着泪拼命点头。

我傻乎乎地站起身,双手搓了搓脸,吸着鼻子说:"衣柜里缺氧。"

星儿没理我,走到沙发边,对着一桌子的菜感叹:"都凉了。

要不我再热热?"

　　我没头没脑地走到她身边,抱住了她。她愣了愣,才微微挣开,仍背对着我,说道:"我知道不是你干的。"

　　这句话像在一瞬间给我充满了电,我回答她:"毕竟,我是个没钱的好人啊。"

　　她笑了。坐在沙发上,若无其事地拿起筷子。我则走回衣柜,拿起沾了泥的鞋子,往门边走。

　　我得离开这里,不能再连累星儿了。而且,我必须光明正大地做点什么了。

　　坐电梯到一层,走出公寓楼时天已经完全黑了。可能是被周围的高楼挡着,虽冷却感受不到一丝风。我摸了摸口袋,掏一支烟出来,忽然听到旁边有人说话。

　　"晚上好,梅先生。"

　　秦队靠在墙上,斜眼看着我,像一只蓄势待发的猎鹰。

第九章

这句话好像在哪儿听过——不，好像又完全不一样！

我不禁看向周天明，发现他也在看我。我刚才已经被他的推理说服了，洗手间里不是藏着这家咖啡店真正老板的尸体吗，怎么变成藏着两个赤身露体的男人了？

"你在胡说什么，"女老板涨红了脸，"我听不懂！"

"是啊，什么叫性爱派对啊？"老李问。

"性爱派对，就是男男女女一群人——"

"我没有要听你解释这个。"老板尖叫道。

"吾也不想听汝们解释。"蒙面作家又开始摇起"精气神"扇子，"吾说的是真是假，吾自己去洗手间看一眼就清楚了。"

"洗手间……"老板看了看老李，声音弱了下来，"坏了。"

"吾就知道汝不敢。"

她不敢让人进洗手间，难道不是为了掩盖杀人的事实吗？就在我疑惑时，蒙面作家又说了起来："汝们不用再隐瞒了，细节俯拾皆是，早就告诉吾一切了。当吾问谁是老板时，汝回答汝是老板，对吧？"

"是。"

"当时，吾还特意提醒了一句，汝不仅是老板，还是服务员。"

"是。"老板快速承认,她生无可恋的表情好像在说,快点结束吧。

"作为咖啡店的服务员,为什么汝没有戴围裙呢?"

"唉。"

老板这声叹息想来是死心的标志。蒙面作家和周天明的切入点一样,这恐怕让她非常懊恼吧。

"因为,汝来不及穿。"

"什么?"不仅是我,连老板自己都感到出乎意料,"你的意思是,我还是老板?"

"汝当然是老板,汝不是,谁是?"蒙面作家环顾众人,见没人应答,接着说,"汝只是来不及重新戴好工作必备的围裙罢了。不仅是汝,其他人穿衣服的时间也很紧迫吧,比如那位胖先生,衬衫的衣摆还露在外面,其他几位也多多少少有点衣冠不整。因为在吾进来之前,汝们,几乎都是光着身子的!"

可能是太过震惊吧,居然没有人反驳。

"吾还注意到,地毯和地砖上,有食物打翻的痕迹,被打翻的食物,应该就是吧台上的那盘牛排吧?确实,咖啡馆桌椅很多,动作稍微大一点很容易碰翻东西,而且吧台上的牛排盘子中缺少了一个重要的东西。"

"啥东西?"胖子问道。

"牛排刀。"

我朝吧台看去,果然,那半块牛排旁边只有一副叉子,并没有刀。

"派对过程中,为了增加体力,有人吃起了牛排,但是汝们也都知道,每个人都在兴头上,万一一个不小心碰到锋利的牛排刀就不好了。于是，为了避免受伤，汝们中的某人选择只用叉子吃牛排。不过汝们真的很会玩，在保证安全的前提下，还使用了一些增进情趣的小道具。"

说到这里，蒙面作家合起扇子，用扇头指了指小李手中的玩具枪。我恍然大悟，原来他的推理思路就是从这把枪开始歪的。

不过，他的推理真的毫无道理吗？

我不禁看了一眼周天明，蒙面作家和周天明，两个无端闯入咖啡店的人，根据相同的线索推理出了两个截然不同的结论。到这时，连原本对周天明的推理深信不疑的我，也开始有些动摇。

真相就在那个洗手间里。

"老板没有老板的样子、被碰翻的牛排、地上来不及清理的污渍、衣冠不整……把所有这一切串联在一起，让吾看到了不该看到的景象，让吾发现了汝们不想被发现的真相。"蒙面作家继续说着，"吾不知道汝们是什么关系，也许本来就认识，也许只是萍水相逢。总之，有男，也有女。深夜，这家咖啡店没有客人，于是汝们玩起了刺激的游戏，即便碰翻了食物、弄脏了地毯，汝们也视若无睹、不管不顾。时间、地点、人物，这些都没问题，唯一的问题是，这家店没有门，只有门帘。也就是说，任何人只要掀开门帘，踏进这家店，就会发现汝们做的事。于是汝们轮流在门外放风，可惜啊，吾的圆礼帽太过显眼，放风的人一定很远就发现吾了吧？吾不仅扫了汝们的兴，还逼得汝们要匆忙整理。地毯和地砖上的污渍当然没有时间打扫了，穿衣服都未必赶得及呢。所以，当我进入这家店的时候，汝们有人气喘吁吁、累倒在地，有人来不及坐下，仍站在过道，吾说得没错吧？"

我们当然知道老李是基于什么情况而累得坐在地上的，只是此时没人想解释，感觉像用神话去反驳童话。

"好，就算你说得都有道理，那你为什么说洗手间里藏着两个赤身露体的男人？""累倒在地"的老李代表大家提出了问题。

"这个嘛，吾是从他们身上发现的。"

蒙面作家指的人是我，还有周天明。

"吾刚才就问汝们是不是店里的吉祥物吧？"

确实问过，这么蠢的问题，我有印象。

"当时汝们没有回答，而是老板代替汝们回答的。不仅如此，吾进来这么长时间，汝们一句话都没有说过，吾想，汝们是不敢说话吧？因为汝们怕被我们认出真实面目。"蒙面作家仔细打量着我和周天明，"汝们是女的吧？"

店内所有人的目光一下子全都聚集在我们身上。奇了怪了，又不是没听过我们说话，为什么这么容易就被一个外人影响了！看胖子的眼神，像是已经相信了。

"吾不妨重现一下当时的情况：手忙脚乱穿衣服的时候，汝们两位不小心穿错了另外两位男士的衣服，可发现的时候，已经来不及脱下再重新换上自己的衣服了。没办法，汝们只好硬着头皮把衣服穿好。可是这样一来，新的问题出现了，脸是女性，却穿着男式服装，为了避免遭到怀疑，汝们灵机一动，把店里原本就有的大头娃娃头套套在了头上，这样，只要汝们一言不发，就没有人会发现。至于另外两位男士，就比较可怜了，男性根本穿不上女性的衣服，何况头套也只有两个，失去衣服蔽体的他们，只好在这个寒冷的夜晚，赤身露体，躲在洗手间里互相拥抱取暖，祈祷吾这个不速之客尽快离去吧。"

听到这里，我总算确认了，这个人的推理是胡说八道。

不过洗手间里到底藏着什么，此时我更加好奇了。

"怎么样，现在，可以打开洗手间了吗？"蒙面作家扇着扇子摇着头说道。

"正合我意。"离洗手间最近的周天明迫不及待地说。

听到周天明的声音,蒙面作家"咦"了一声,然后小声感叹:"汝的嗓音真像个男的。"

周天明伸出手去够门把手,令我惊讶的是竟没人阻拦,可能是这么一番折腾,大家都累得放弃了吧。这时,洗手间的门"砰"的一下打开,周天明明显被吓了一跳,他往后退了半步,紧接着,一个裸男从里面蹿了出来,直接扑到了他身上。

众人都没有反应过来,我甚至怀疑眼前发生的一切是幻觉。居然真的像蒙面作家所说的那样,里面有赤身露体的男人!

那个男人像发了疯似的,骑在周天明的身上,双手胡乱地敲打,嘴里还发出野兽般的低鸣。我从没见过这种场面,早已吓呆在一旁。

周天明的头套明显阻碍了他的动作,只见他不断在地上翻滚,尽可能躲避着。但很快,他的头套就被裸男脱了下来,滚落在一边。而暴露在外的脸继续承受对方凶残的攻击,他只能拼命用手护住头部。

除了我和蒙面作家,剩下的男人都冲了上去。胖子的衬衫被扯坏了,老李的脸被周天明踹了一脚,终于,他们控制住了喘着粗气的赤裸男子。而我赶忙过去扶起躺在地上的周天明,这才发现他小臂和手背上的皮都划破了,满手是血。

蒙面作家递来一块蓝色手帕,我把它贴在周天明的右手臂上,手帕很快就被染成了黑色。

老板走到裸体男人旁边,紧紧地搂住他,男人的表情顿时缓和下来。这时我才发现他居然很年轻,确切地说还是个孩子,应该只有十多岁,但整个人的状态看上去怪怪的,不像正常人。

"汝真的是男的啊。"蒙面作家看着周天明,"难道吾的推理有问题?可是洗手间里真的有人,又说明吾没错。"

我环顾四周,心中充满疑惑,却不知该向谁发问。

胖子此时脱下西装递给老板,老板接过披在孩子身上,然后把他带到吧台后面,拿起柜台上的水晶球,塞到他手里。孩子痴憨的脸上露出喜悦的表情,他兴奋地晃动手里的水晶球,然后看着玻璃球体内浮动的银色碎纸。老板这才回过身说:"我来说吧。不过,你要不要先去医院?"

"听你说完再去。"周天明咬牙说道。

"他是我的儿子。"老板看了一眼正聚精会神把玩着水晶球的男人,说,"你们也看到了,他脑子不大好。"

然而吃惊的似乎只有我们三个不速之客。

"你的推理,还有他的推理。"老板朝周天明扬了扬下巴,"都错了。"

"他的推理?"蒙面作家问道。

周天明疼得直咧嘴,勉强说道:"我推理出的结论是,这群人合伙杀了这家咖啡店的老板,把尸体藏在洗手间里。"

蒙面作家发出近似于咳嗽的笑声:"一派胡言。"

"你的推理才是胡说八道。"

"什么,汝想和吾比成语吗?真是两只黄鹂鸣翠柳——"

"别吵了!"老李突然吼道,"听她说。"

周天明和蒙面作家都哼了一声,重新把目光投向老板。

老板缓缓说道:"我确实是这里的老板。"

"那为什么我问谁是老板的时候所有人面面相觑?"周天明问。

"是啊,汝为什么不戴围裙?"蒙面作家不甘示弱,也追问道。

"因为……这里的所有人，都是这家店的老板。"

她的意思是小李、老李、胖子，都是这家店的老板？还有顾思义，连她也是？

"哦，只有她还不是。"老板像看穿了我的顾虑，指了指顾思义说道。

"她是我女朋友，今天是第一次来。"胖子替她解释道。

老板垂下眼帘，继续道："咖啡店一开始是我一个人开的，但这种深夜咖啡店，没什么客人。这几位算是常客了，来得多了，我们几个人就慢慢变得更像是朋友了。大家在这里彼此诉说工作上的烦恼、生活中的苦闷，这个深夜咖啡店就像是我们隐秘的聚会之处。不过运营一个咖啡店毕竟需要成本，客人这么少，靠我一个人渐渐撑不下去了。终于有一天，我决定关店——"

"不行！"胖子激动地插嘴，"这里如果关门了，我们就不会再这样相聚了。就像关系再好的大学同学，哪怕毕业后都在同一个城市，一年也很难见一次。让我们聚在一起的理由，其实是这个地方，这家店啊。"

老李也着急地接话道："是啊，我难得找到一个好地方，就想帮帮忙。虽然存款不多，但我也不结婚，花不了，索性就拿出来投资这家咖啡店吧。当年，我在电视台做的时候——"

小李则激动地插嘴："我最没用了，就我没出钱。"

"那时你还是学生啊。没出钱，出的力最多。"老板温柔地看着小李，说道，"你在大学里做宣传、发传单，给我们带来了很多客人呢。"接着又继续解释道，"总之就是在我撑不下去的时候，他们帮了我一把。店才开到了今天。"

蒙面作家似乎很急，他合上扇子，问道："好，吾知道了，汝们都是这家店的老板。那这个孩子是怎么回事，他的父亲是哪位？是汝吗？"他拿扇子指着胖子。

老板笑道："我怀小心的时候，还不认识他呢。哦，小心是他的名字。我都快忘了他父亲是谁啦，但我的性格就是太要强，当时不管怎样都想把孩子生下来。怀他的时候我就想好了，要给他取名叫从心，就是那个'怂'字，因为我不想他长大后像我一样坚强。坚强会让自己受苦啊，没什么好处。最适合生存的性格是懂得放低姿态，该退就退，能忍则忍，放弃也不是什么丢脸的事。我希望他能够快快乐乐、健健康康地长大，可谁知道，老天爷跟我开了个什么玩笑，他真的非常无忧无虑呢。"

"这个孩子，是身患恶疾吗？"蒙面作家问道。

老板抚摸着孩子的头，温柔地说道："娘胎里带出来的，个子长，脑子不长。因为我生的是个野孩子，就有这样的报应啊……"

不知道是不是心理作用，知道她有一个这么大的孩子后，我现在看老板的模样，都觉得比原来老了好多。

老板娓娓道来的声音令人动容，她继续说道："我家在小地方，未婚先孕不说我还执意要生，老妈气急了，就赶我出门。我上面有两个哥哥，下面还有一个妹妹，家里少我一个也就是少了麻烦。我走的时候，妈妈跟我说，就当自己当年肚子痛。后来我自己当了母亲，才知道真的不是肚子痛那么简单。妈妈能跟我说出这番话，肯定是伤透了心……"

一阵沉默，众人都看着这对母子，心中各有所思。

老板再开口时语气多了几分冷酷。"我跑到了上海，生下孩子后就偷偷养着，一直没上户口。小心五六岁的时候我开始觉得他不对劲，去一些医院看了看，医生都说是先天病，没的治。这么一来我更不敢告诉别人有这么个孩子了。我拼命工作，想着得攒钱为他以后做准备，没想到老天爷还不打算放过我，我在网上找了个办证的，打过去十万块钱，拿到的证却哪儿都用不了。"老板凄凉地笑了笑，旁边已和她差不多高的男孩也突然笑了，但那痴傻的笑容和生硬的声音更显凄惨。

静默中传出周天明的声音："那你为什么开个咖啡店，咖啡店又不赚钱。"

老板看向我们这边，眼神闪烁。

"因为我不想让他一直缩在家里。我试着带他出门，可人一多他就容易受到惊吓。我还试着告诉一个朋友小心的事，结果很快就联系不上她了。我想让他见见外面的世界，又想保护他。才想到了这么个办法。"老板说着，摸了摸小心的头发，小心则拼命摇晃手中的水晶球，"他虽然天生智力有缺陷，但还是会本能地去追求美好的、尤其是闪闪发光的事物。灯、电视机屏幕、水晶球，这些会在黑暗中亮起来的东西他都非常喜爱。就像追逐夜晚的星星。只是如果看到可怕的东西，他就会疯狂地进攻，有时候我都会感到害怕……"

"所以他把我往死里打，是因为我看起来……很可怕？"周天明声音颤抖地问。

"是的，你刚才戴着头套，看起来真的很可怕。"

我和蒙面作家都倒吸了一口气。

老板冲我们恶作剧般地笑着，继续说道："我的决定没有错，这家咖啡店让我认识了三个好朋友。深夜来店里喝咖啡的人真的都是怪人啊，他们知道了小心的事以后，反而来得更频繁了，还总带些礼物给他。我这家店啊，一般八九点以后就没客人上门了，大家就在屋里一起看电视、吃东西，偶尔还能趁街上没人时带着小心出去走走。只可惜，开了一年多，就开不下去了。靠着他们几个的支持，又勉强撑了几个月，但还是不行啊。"

"那你也不能杀他啊！"胖子的一句话吓得我瞪大了眼睛。

"什么？"周天明也惊讶得发出了声音。虽然看不到蒙面作家的表情，但我想他一定也十分震惊。

老板露出苦笑，说道："是的，今天是小心十六岁的生日，我打算杀了他。我把他的衣服脱光，是想让他以来到这个世界上时的模样离开。没想到饭吃到一半，他们几个都来了，后来你们又突然闯入，算是救了他吧。"

胖子已经激动得站了起来，哼哧哼哧地喘着粗气说道："你这不过是一时冲动！说什么想杀了他，还准备牛排当作最后的晚餐，既然是最后的晚餐，那为什么还按照以前的习惯不给他准备刀子啊，到最后了还怕他不小心伤害到自己吗？你别以为我们什么都不知道，这两个人，演技这么差，一看就是老李找来的啊。"

老李吸了吸鼻子，道："网上找的……"

我看向周天明，他低着头看不到表情。不知他是为了赚笔小钱，还是想寻求刺激才在网上应了这个"招聘"的，而我在酒吧遇见的，恐怕是他那个想临行前借酒壮胆的搭档吧。

胖子接着说道："你别急啊，容我们再想想办法啊，你瞅瞅老李多缜密，怕我们几个劝不动你，还专门买凶抢劫！那个缠绷带的你也不用装了，你是谁叫来的啊？"

"吾是不请自来。"蒙面作家从椅子上站起来，朝老板的方向微微欠了欠身，道，"而且吾居然当着各位说出了完全错误的推理，真是贻笑大方。希望大家忘记我的推理。"

胖子摆摆手，笑道："不客气不客气，我们还要谢谢你呢，要不是你来，我们都成杀人犯了。"说着还冲我和周天明挤了挤眼睛,"好了,这件事到此为止,重要的是,接下来怎么办?"

老板知道这问题是问她的,而且此时所有人都在等待她的回答。她抹了抹泪痕,平静地说:"谢谢大家来为小心庆生,我不会再擅自剥夺他的生命了。"

我下意识地看向这屋子里的人,小李和老李对视一眼,难得地露出了笑容,胖子明显松了一口气,只有顾思义脸上的表情没什么波澜。而且我看向她的时候发现她正看着我,这让我一阵心虚。还好,这个夜晚即将结束了。

老板又开口道:"不过,我还想恳请你们三位一件事。今天晚上的事,能不能不要跟别人说?"老板逐一看着周天明、我,还有蒙面作家。

我重重地点了点头,周天明看起来有些茫然,最终"嗯"了一声。

蒙面作家则说道:"吾已经忘了今晚发生的事。至于吾那番可笑的推理,希望汝们也忘了吧。"说罢,他没和任何人打招呼,就迈步离开了。

第十章

人的思维速度很快,有时候能在几十分之一秒内做出判断,但这显然不适用于"当秦队的脸出现在你眼前的时候"这一状况。

嘴唇上还没来得及点燃的烟掉落在地,也许是听到了之前秦队指控我的内容,我觉得我面前正站着死神。

他一定会逮捕我吧?手里是不是有手铐?一旦被抓住了,我一定会在警察局崩溃的,到时候我就真成凶手了。

这么想着,我突然发现自己的双脚在快速地向前迈动,耳廓旁的风声越来越大。

"站住!"

身后响起秦队的叫喊,以及"咚咚咚"的脚步声。我不敢回头,足尖点地往前飞奔,印象中这辈子从来没跑得这么快过,高中一百米考试的时候都没有,在体力和爆发力都过了黄金年龄时,我却被逼出了前所未有的速度。

很快我就奔出了星儿家的小区,奔跑在夜晚的街头,秦队依然在我的身后紧追不舍——这是我凭感觉得出的结论,到了大马路上,身后的脚步声就听不太清楚了,我也不敢回头看,就像登山的人不敢往下看一样,一旦知道后面有多可怕,脚就会软。幸好这附近我很熟悉，我在弄堂小巷里穿梭，心里害怕秦队久追不上会直接开枪，但这个担心一直没有变成现实，所以也就一直让我提心吊胆。在小巷子里绕来绕去的时候，我想着实在不行可以模仿电影里的做法，把小路两边的垃圾桶、竹竿之类的东西弄倒，变成路障，但我这才发现小巷子里几乎没有可以利用的杂物，偶尔经过一个垃圾桶，也是固定住的。

我不知疲倦地跑跑跑，终于心肺功能到达极限，我已经无法在前面那个路口转弯了，只好让惯性把自己扔到墙上。我扶着墙，感觉胸腔快要裂开，心脏像一颗原子弹正在爆炸，我大口喘着气，想要咳嗽却咳不出来。

但这番努力是值得的，因为秦队并没有追上来。我原地休息了很久，他也没有出现，也许在中途他就放弃追逐了，反正他不用像我这么玩命，打一个电话就能让全市所有的警察都来追我。我往前走了两步，小腿开始抽筋，我龇着牙跪在地上。

为什么要逃？

事到如今，我才问自己这个问题。我发现自己找不到答案，刚才的逃跑好像是出于本能，或是对秦队的恐惧。如果换个人，比如那个漂亮的女警小唐出现在我面前，我肯定会面带微笑说自己是无辜的，并且愿意配合调查。但来不及了，事实是我二话不说就撒腿逃跑了，在秦队眼中，这毫无疑问让我更显可疑。我的逃跑，正中他的下怀。

怪不得他不追了，我的脑海中又浮现出秦队可怕的笑脸，他知道我躲在星儿家，故意说出那些话来吓唬我。如果我是清白的，一定会出来和他当面对峙，可恰恰我选择了逃跑。这一仗，他兵不血刃地击败了我。

很快，附近就会出现警笛呼啸的警车吧，我无处可逃，只得束手就擒。

我又想起刚才星儿的笑脸和她说过的话，对，我不能坐以待毙。

我拖着步子慢慢向前挪动，还有必须去做的事。但要怎么做呢？我还没有头绪。

我一瘸一拐地走到大街上，迎面跑来两个年轻人，这一男一女穿着同款的运动服。男人先停了下来，借着路灯狐疑地看我。

难道这么快，我的通缉照就发出去了吗？我和他对视了一眼，却听见男人柔声说："你需要帮忙吗？"

他的女伴慢慢走到他身后，用腕带擦着额头上的汗。她和男人一样，看我的眼神虽然充满好奇，但绝对没有恶意。

我真想说我需要帮忙，帮我解开杀人案的谜团，告诉警察真凶是谁吧。

"你的脚没事吧？"男人又问。

"没事，抽筋了。"我小声说。

"那按摩一下就好。"男人和女人对视一眼，笑了起来，"我一开始也经常抽筋，在抽筋这方面很有经验。"

"这经验有什么用啊。"他的女伴白了他一眼。

"你们……这么晚了，为什么要跑？"我问。

"啊，为什么要跑，考倒我了。"男人又在看身旁的女伴，"要好好回答，你先说。"

"因为可以拥抱风啊。"女人点着头说。

"太文艺了，其实也没有什么理由啦。"男人补充道，"就是喜欢。"

"没有人在后面追你们吗？"

我其实很难理解，大半夜的一男一女又不是没有其他事情可做了，非得在路上乱跑？

"没有。硬要说的话，生活在追吧，不过我们也不怕。"

"你们准备跑到哪里？"

"没有目的地啊，跑到不想跑了为止。"

没有动机，没有目的地，那为什么不选择躺在家里呢？哪怕听到他们说"为了身体健康"，我也能够接受，那至少是一个答案，一个原因。不过我又想起星儿跟我说过的话，结婚没有动机，也没有目的地，重要的是中间的过程。我不认同，两个人结婚，难道不是为了建立家庭、培养下一代，然后相伴终老吗？婚姻怎么可以像跑步一样，跑着跑着觉得累了，不想跑了，就结束呢？

不，就连跑步也不行啊。

我赶紧停止胡思乱想，这都什么时候了，我怎么还在想这种问题。两个年轻人和我道别，又慢慢地跑了起来。

我摇摇头，感叹现在的年轻人真是让人搞不懂，不过在我的内心深处其实也有点羡慕他们，可以这么无忧无虑，不计后果，只因为自己喜欢就展开行动。曾经的我也是这样的，说辞职就辞职，但两年以来，这份任性让我吃了不少苦，终于走到今天，家庭破裂，公司破产，我还被指控为杀人凶手。如果当时我没有辞职，今天或许已经成为部门经理，涨了工资，每天回家都能闻到蒸鱼的香味……

走着走着，我突然发现自己正朝着武康路的方向走，无助时就会本能地来到这里啊。此时办公室里应该没有人了，小赵没有理由再通宵看稿了，张盛说不定找了新工作，至于韩江雪，我一直不太清楚她的想法，有时候我看到她一脸沮丧地盯着电脑桌面出神，想和她聊两句却总是作罢。如果下辈子还能做他们的主编，我一定要好好关心他们。

眼前的信号灯变红，我停了下来，耐心等待着。

"杀人犯，还需要等红灯吗？"

我转过头，发现一个穿着黑色长褂的人不知何时出现在我身边，他戴着一顶圆礼帽，脸上架着大墨镜，手臂和脖子上都包着白色绷带。

"你……"

"好久不见。"

"你没事吧，要不要我送你去医院？"

"什么？"

"你是不是受伤了？"

"不，这就是吾平时的装束。"他说道，"好久不见，还记得吾吗？吾是蒙面作家。"

我当然记得，可突然看到这样一个人出现在面前，第一反应还是被烧伤了比较正常。

"你怎么会在这里？"我问。

看着他支支吾吾不知道该如何作答的样子，一个念头突然划过我的脑海。

"我知道了，你是我人格分裂出来的吧！所以你才会这么怪，好像不是现实中存在的人物一样。所以你和我一样有推理作家梦，所以在我不知所措的时候你会突然出现，现在是这样，两年前也是这样，你其实并不存在！"

我照着他的脸一掌打了过去，原以为自己的手一定会从他的圆礼帽下面穿过。但现实是，他被我实实在在地扇了一个耳光，整个人原地转了一圈，宽大的衣袖在风中飘扬，动作优美得像是在跳舞。等他站稳，我看到他鼻子下方的绷带上隐隐渗出些血迹。

"汝有如此奇想,做编辑屈才了,不如写推理小说吧。"他虽然在责备我,但听口气并没有很生气。

"对不起,我以为……"

蒙面作家举起一只手,说:"算了,汝现在精神不正常,吾不与汝计较。吾是来救汝的。"

"救我?为什么救我?"

"汝不是被指控成杀人犯了吗?"

"你是怎么知道的?"

"汝上电视新闻了。"蒙面作家说,"虽然照片上打了马赛克,但吾一下就认出来了,在逃的犯罪嫌疑人梅某人就是汝。"

电视新闻里会放这种事吗?至少我没看到过。我满腹怀疑看着他,可那张脸被绷带、墨镜盖得严实,根本看不出是什么表情。

"那你怎么知道我在这里?"

"碰巧遇上。"为了表示这个概率并不小,他还加了一句,"就像两年前一样。"

我的怀疑更甚了,天底下哪有这么巧合的事情。我知道有很多推理小说中的侦探有这方面的特质,比如某个小学生,走到哪里都会遇上杀人事件,比如一旦出现密室杀人案就会有一个自称"收藏家"的怪人出现,比如遇上匪夷所思的谜团就会自动进入某个侦探的房间……书中这样的情节太多了,阅读的时候我从没觉得奇怪,但现实中真的碰到了,却怎么也不敢相信这是巧合。

交通信号灯已经变绿,这个十字路口只有我们两个人。视野还算开阔,我环顾四周,没有看到有人跟踪。

"放心,吾没有通知警察。"

似乎看穿了我的顾虑，蒙面作家说道。

"你为什么相信我是无辜的？"

他没有回答，而是说："吾带汝去找一个人，见到他，你就明白了。"见我还在犹豫，他催促道："再不走，又要等一轮红灯了。"

十五、十四……绿灯在倒数秒数，绿色的小人标志不停闪烁，似乎也在催促我朝前走。我又想到两年前的那个晚上，同样在无人的街头，我跟着一个戴着头套的人朝未知的目的地前进。那一次，我是在逃避生活，这一次，我在逃避追捕。

不同的心境，却给我强烈的熟悉感，身旁的蒙面作家仿佛和戴着头套的周天明重叠了起来，就连他在我前面走路的背影，都那么相似。既然无路可退，只能闭着眼睛往前走了。

绿色小人在我眼中不断变大，最后变成紧急出口的标志。我们走过马路，它刚好变成刺眼的红色。

我也不知道跟着蒙面作家走了多久，感觉比两年前走到他家花的时间还要长，不过我并不着急，反而希望这样在街头自由行走的时间能永远不要结束。

眼前出现一排灰白的墙面，墙上刷着"加强安全意识，拆除违章建筑"的红字标语。我跟着蒙面作家，穿过两面墙之间的窄巷，踏上一条泥地。这几天并没有下雨，泥地上却有不少水坑，不知这些水是从何而来。反正我的鞋子已经沾满了泥，我并不介意，蒙面作家却很小心，拎着长褂的下摆，躲闪着水洼往前走。沿途四周破破烂烂的，有些残垣断壁，有些拆到一半的墙面，再远处还有一些黑黝黝的老房子，这么晚了，也分辨不出里面有没有人居住。我们在这迷宫般的待拆建筑群中走了一会儿，转过一个弯后突然看到了灯光。

灯光是由一排黄色的灯泡发出的，围在一条狭窄道路的两侧。分布均匀，高度一致，像是新年期间南京西路上的装饰，只是没有一点喜庆气息。灯下照着的是一个个小摊，如果是在某个热闹的住宅区旁看到这一幕，我不会感到惊讶，事实上在我和星儿以前的家附近，就有这样一条小弄堂，天气好的晚上，就会出现很多小摊贩，炒饭、花甲、烧烤、鸭脖的香气能飘出一里地，他们有时就会在车上架一个灯泡。但在这个几乎是无人区的地方出现这样一群商贩，实在是出乎我的意料，况且，我也没有闻到任何让人食欲大开的味道。

我跟在蒙面作家身后径直朝前走，他的目的地似乎很明确，路上一次头都没转过。我好奇地看着两旁的摊位，摊主们都席地而坐，身前铺开一张布，布上摆着造型各异的摆设，有锅碗瓢盆，也有字画、铜币，还有一个老人面前摆着好几本蓝皮线装书。我终于明白过来，这不是什么大排档一条街，而是交易文玩古董的。

摊主们没人开口招揽生意，只是抬着眼，直勾勾地盯着我们从摊位前走过。我恰好和几个人对视了一下，感觉对方的眼神中并没有期待你驻足咨询的意思，而是赤裸裸的打量和猜疑，这让我想到秦队看我时的眼神。

"干吗带我来这里？"我感到一丝莫名的寒意，于是靠近蒙面作家，在他的礼帽旁小声问。

"前面就到了。"他却答非所问地说了这么一句。

"这是哪里？"

他没有回答，不知道是不想让我知道，还是这个地方本来就没有名字。

蒙面作家的步子突然加快，然后猛地停下，转身和一位坐在小板凳上的摊主说话。

我走过去,见地上摆着个盒子,里面放着各种连环画,最上面那本《武松打虎》我记得小时候还看过。盒子边还有好多块形状各异的黑色小石子。

摊主是一个四十多岁的中年男人,穿着一件明显不合身的皮夹克,灯光下的脸看起来十分疲倦。我看了他几眼,差点叫出来。

老李!

"那吾先走了。"

老李点点头,然后,蒙面作家一言不发地转身离开了。

"哎,等等,你怎么走了?"我叫道。

"接下来的事,老李会跟汝说的。"

我看着蒙面作家挺得笔直的背影,又看看旁边佝偻着的老李,感到一阵恍惚。在这么个陌生且古怪的地方,突然见到找了很久的人,对我来说仿佛离开了现实,离开了上海一样。像以前香港的九龙城寨,不管犯了什么罪,只要逃到里面,就是另一个世界了。

引我回到现实的,是旁边摊主凶狠的视线。一个凶神恶煞的光头,留着山羊胡,摊位上只有一块看起来很重的石头,也不知道是做什么用的。

这时老李从小板凳上站了起来,对我说:"梅先生,叫我老李就可以了。我知道你有很多疑问,没关系,我会把我所知道的全告诉你。我这就收拾收拾。"

"为什么……"我也不知道该问什么,总觉得这三个字是万能的。

老李开始收拾摊位,破破烂烂的连环画,像路边捡的小石头,还有几沓卡片。定睛一看,那些卡片我还真认识,多年前我也曾收集过,是某个方便面品牌推出的"水浒英雄卡"。

"这里说话不方便,去我家。"老李说道。

"你家?"

"嗯,有点远,不过没事,我有车。"

我又环顾四周,除了后面暗处墙边靠着辆就要散架的三轮车外,目之所及连个轮子都没有。我有些担心地看着已经把东西全部装进行李袋的老李。

一分钟后,担心变为了现实。

"这就是你的车?"

"是啊,我带你,你坐后面吧。"

我有点不太好意思,骑三轮车本来就不轻松,再加上我一个成年男人,骑起来会更费劲。这样下去恐怕天亮了都到不了他家。

"不用了,我……我也有车。"

"你也有,在哪里呢?"

我拍了拍两条腿,努力挤出一个微笑,说:"十一路。"

这个打趣自嘲的比喻又让我想起顾思义来,"请问你是不是愿意,陪我兜兜上海,开开十一路",她最喜欢这首歌的结尾这句了。

也不知道老李有没有听懂,只见他憨憨地笑了一声,没有坚持,自己跨上了三轮车。

三轮车的速度比我想象中的还要慢,我不得不放慢脚步,老李才能跟上。

途中我心急如焚,真想帮他把车扔了,但老李倒悠闲自在。

到老李家的时候,已经快十二点了。

老李家在威海路上,地段相当不错,勉强算是市中心了。不过他的家不是什么富丽堂皇的商品房,而是在一条小弄堂里,两旁的建筑楼层都不高,头顶上电线交错,几乎每户人家都从窗户里戳出好几根竹竿,毫无章法,却富有生气。在百货大楼的包围下,这几幢可能已经存在了上百年的老建筑,看起来就像是丛林里跑出来的野孩子。

他把三轮车随手往路边一扔,拿起行李袋,轻声跟我说:"等下上楼轻一点,隔音不好。"

"你的车不用锁吗?"

"以前锁过,后来有人把锁给偷了。"

借着月光,我们走到巷子尽头的一幢两层楼建筑,从外观上看,这幢楼应该是自建房。在上海市中心能看到自建房,是一件很难得的事情。

"这是你祖上传下来的房子?"

"这是租的。"

"养猪还盖两层楼啊?"

"不是猪的,是租的。"老李小心翼翼地用钥匙打开楼下的铁门,让我先进去。

"条件是差了点,不过地段好,房租便宜。天天有人传要拆迁,不知道还能住多久。"

我们轻手轻脚地走上二楼,直接就进到一个客厅里,布置得和普通人家没什么两样。老李又用钥匙打开里间一个屋子的门,竖起食指放在嘴唇前,用气声说:"那边那个房间住的是个卖猪肉的,脾气大,别吵醒他。"

我努力理解着这番话,不停地点头。进入房间,老李把行李袋放到地上,关好门,然后打开了灯,房间内的一切尽收眼底。

这个房间只有几平方米大，中间一张床，靠墙一张写字台，其他摆设都没有。一堆生活杂物和衣服堆在床上。

老李胡乱把床上的东西扔到桌子上，自己先坐下，然后拍了拍旁边，说："坐下聊吧。"

我咽了口口水，说："我站着就行。"

老李又憨憨地笑了一下，说道："那你把灯关一下。"

我往后退了一步，说："我并不觉得聊这个话题需要增加什么情调……"

"我也不觉得。"老李说，"但是这样比较省电。"

两年前老李还可以去咖啡店坐坐，如今怎么变得这么拮据？

我还没来得及把这个想法说出口，老李就麻利地站起身把灯关了。黑暗中，我听到他翻身上床，用手拍了床铺两下，发出一声叫魂似的"快来吧"。

我只想快点知道命案的事，于是没再挣扎，走到床沿坐下。

"你都知道些什么？警方应该不会对外公布调查进展吧？"我决定在接下来的谈话中，尽量少提"警方"二字，因为一说起，我脑子里总会不由自主浮现出秦队的模样。

"和你一样，我自己查的。"老李说，"听说周天明是你朋友？"

"不是很熟，但他在上海好像也没什么朋友。"

"你连警察都信不过，自己去调查他的死因，应该关系不错吧。"

我不想透露太多，于是没有说话。

老李接着说："你应该知道了吧，死在武康路公寓中的并不是你的朋友周天明，而是另外一个人。"

"我听警察说了，死者笔名叫李潼，好像是个网络作家。"

"笔名。"老李轻声笑了一下，说，"那是他的真名。李潼是我弟弟，我叫李卓山。现在知道为什么我也在查这件案子了吧？我比你有更正当的理由。"

"他是你亲弟弟？"我一边问一边琢磨着两人的年纪和长相。

"胜似亲弟弟。"

"那就不是啊。"

"当时我还在电视台工作，算是个副导演吧，就是什么都要管的那种，他大三还是大四我忘了，进了电视台做我的实习生。"

"好像上海有很多电视台，你是哪个台的？"

我装作随便一问。

"都是过去的事情，不提了。"老李没有正面回答，含混带过，"一开始呢，我是看不上他的，一个小年轻，整天嘻嘻哈哈，懂什么呢？不像我们这一代人，是吃过苦的。不过接触了一段时间，我发现他挺合我的脾气，平时话不多，跟谁都是点头之交，不管大事小事，保证给你以最高的效率完成。后来我们下了班也会一起去小店里喝点酒吃个饭什么的，因为都姓李，他就开始叫我一声哥，我也应了。"

"我能抽烟吗？"听这个开场白，感觉老李的故事要讲很久。

"抽吧。不过没烟灰缸，你别弹床上就行。"

我点起一根烟。老李继续说道："我父亲在我很小的时候就得肺癌死了，抽烟抽太多。"

我被烟呛到，咳了几声。

"我在电视台做的时候，母亲也查出了肺癌。"

"她也抽烟？"我哑着嗓子问。

"二手烟。"老李的声音听不出任何感情，"我在电视台工作几年的积蓄全用在看病上了，家里能卖的也全卖了，西医中医加起来看了一百多个吧,配的药都不一样,病情还是没缓解。有一天她跟我说,是不是家里没钱了,咱们不看病了,你爸用二手烟控制了我,让我去陪他呢。"

"你怎么说的?"虽然他的声音波澜不惊,但我能想象他当时一定很悲伤。

"我说,你怎么不早说,钱都花光了才说。"老李发出咯咯咯的声音,一开始我以为他在哭,听了一会才知道是在笑,"我们娘俩哈哈大笑,那天开始我们好像看淡了一切。她说一辈子没抽过烟,光吸个二手烟就得肺癌,太亏了。我说是啊,出去买了一条红双喜,她都没咳嗽,像个老烟枪似的抽了起来。我观察了一下,她抽烟的样子和我爸一模一样,应该是整天看整天看,无师自通了。这不过就是前几年的事儿,现在想想跟上辈子似的。我和小李认识那会儿她还没去世呢,我整天苦着脸,工作上逮着机会就发脾气,谁都不愿意跟我接近。是啊,我自己都讨厌自己,非亲非故,别人凭什么喜欢我。后来有一次喝酒,我说别人都讨厌我,你干吗还跟我喝酒?他说,因为酒好喝啊,哈哈哈。"

我心想,这都什么乱七八糟的。

"我心想,这都什么乱七八糟的。"老李说,"我跟他掏心掏肺,他跟我嬉皮笑脸。后来知道,他父母出车祸死了,肇事司机是酒驾,直接把车开人行道上去了,那么大个凶器撞过来,看到了也逃不了。自那以后他就迷上了喝酒,就觉得自己浑身酒气的时候,两个眼睛会变成车灯,看得到爸爸妈妈。所以听到我说我妈抽烟那事儿的时候,他觉得特亲切。绝望到一定程度,人就会做莫名其妙的事情,这种事,旁人根本没法理解。"

我点点头,他说得没错,这两件事我都没法理解。

"小李失去双亲的时候还是个大学生,什么事儿都不懂,住的房子被亲戚抢走了。因为车祸赔了一点钱，他就整天住酒店。我说你这样可不行啊，钱本来就不多，挥霍不到两年就该没了，电视台的工作也是半公益性质的，就给社区的老人看看，赚不到什么钱，得规划一下。"

"社区电视台？"我问，"社区还有电视台？"

"你别管这个了，你不了解演艺圈。"老李有点生气地打断道，"后来电视台做不下去了，我问他有什么打算，他说他平时喜欢写写小说，以后想吃这碗饭。他那小说我看了，不知所云，一个女朋友都没处过的人写爱情小说，能好看吗？我说你这爱情故事啊，太假了，我看你不是吃这碗饭的料。现在才发现，是我耽误他了，原来越假的爱情故事越受欢迎。"

"是啊，大家看小说，就是想看现实中不会经历的事情嘛。"我说，"不过也有抬杠的，说这个剧情现实中不可能存在，这个人不可能这么做。这种人其实根本就不适合看书，好好在现实中活着就行了。"说起书，我的话也不免多了起来。

"反正那时我没发现他的天赋，觉得写作不靠谱。后来社区电视台不做了，我也没了工作，他就住我家，我们白天喝酒睡觉，晚上去屋顶吹风。就是你现在坐的地方，以前小李就躺这儿。关了灯看不到你的脸，我好像在和他说话一样。不过他不抽烟。"

我屁股挪了挪，不想再听他们俩的故事，便直接问道："可是他的尸体是在武康路被发现的，他什么时候搬到那儿去的？而且，为什么要用周天明的身份？"

"你听我慢慢讲嘛。我们那个时候不是整天很颓废嘛，我心里知道这样活着跟死人也没什么两样，就想着做点什么。正好以前我在电视台做的时候，看到过一个搞笑组合，人气特别旺，社区的那些老爷爷老奶奶笑得可开心了。我想这个说不定有搞头,就和小李商量,一起弄个搞笑组合。"

"叫山童组合?"我想起宋瑜告诉过我的这个名字。

"你怎么知道?"老李突然问,"我们从来没有表演过,不应该有人知道这个名字啊。"

我不知道蒙面作家是怎么介绍我的,如果没有必要,我不想透露给他太多的细节。

"我……猜的。"

"那你猜得可真准。"老李丝毫没有起疑心,"我们当时想了很久呢,比如什么就叫'搞笑组合',比如'孤儿组合'之类的,但小李说这些名字让人听了就笑不出来。"

"你们有电视台的关系,要演出应该很容易吧,为什么没表演过?"

"电视台也要看质量的,我们两个人,一个比一个苦,能想出什么好笑的段子来?那段时间,晚上我们就坐在屋檐上喝着啤酒互相说笑话,看谁先把对方逗笑。现在想来,那真是我人生中最难过的日子了,明明生活没有任何乐趣和希望可言,却要强迫自己逗别人笑。碰上天气不好,连月亮都看不到,更惨了。我们就想,不如出去走走,看看还有哪些人跟我们一样,大晚上的不睡觉。结果,就发现了一家咖啡店。"

咖啡店的故事两年前我就知道了,老李的叙述和那个女老板说的没有太大的区别。也许是老李很久没和人促膝长谈了,他总是会说一些无关紧要的细节,然后陷入回忆,嗤笑几声。但在这冗长的叙述中,我总算确认了一件事,老李并不知道我就是当年戴头套的人之一。对于他来说,我只是小李和顾思义两起命案的嫌疑人。

"那个晚上真奇怪啊,现在回想起来还是觉得不可思议,这是我活到现在最曲折的一个晚上。"老李说到开车带着周天明去医院后,总结道,"没有想到吧,我和你的朋友周天明,两年前有过一面之缘。"

"嗯,我想了想,正好是两年前这个时间段之后,周天明就不跟我联系了。那你带着周天明去医院之后,又发生了什么呢?"

这才是我最关心的事情。

"我们没有去医院,他说血已经快止住了,包扎一下就行。"

"可他不是伤得很严重吗?"

"没有伤到要害。只是日后他的手臂上要多一条伤疤了,挺明显的。"

"没去医院,那周天明去哪里了?"

"这里。"

"这里?"

我在黑暗中环顾四周,这个狭小的房间,小李和周天明都曾经来过?

"小李在旁边的便利店买了卷绷带,还有几瓶啤酒。勉强把周天明的伤口裹上后,我们三个就上屋顶喝起了啤酒,果然啊,不管多么奇怪的人,大半夜不睡觉出来瞎溜达,总归是心里有事。我想,那天晚上那个蒙面人,还有另外一个戴头套的,也是有心事吧。"

我的心事就是和星儿吵架。和他们比起来,简直是身在福中不知福。

"周天明有什么心事?"

"他在咖啡店里就说过了,大学要毕业了,找不到工作又不能回老家。我们当时觉得这算什么问题，不管选择哪条路都能往下走，多少人走这两条路，怎么人家受得了，他周天明就受不了呢？可是转念一想，我们每个人啊，其实都不能设身处地为他人着想。对当事人来说那是真的绝望，周天明已经为此苦恼了很久，连自杀的心都有。"

"这么夸张？"

"你也想不通吧，我也想不通。"老李说，"不过他同样想不明白我和小李的处境，还说什么你们毕竟有积蓄有房子有工作经验，还苦恼什么？所以说啊，世界上没有真正的感同身受，你肯定也有过想自杀的时候吧？不用告诉我，告诉我我也想不明白，有人因为和恋人分手就自杀，有人因为被别人批评几句就自杀，有人因为学校里的人都不喜欢他就自杀，理由太多了，每次从新闻上看到的时候，我都想，就这么点事，至于吗？但其实，当我们走投无路想要自我了结的时候，别人也会诧异，说这么小的事，至于吗？"

老李的这番话给我很大感触，我不止一次想过自杀，尤其是和星儿刚离婚那会儿，我患上了抑郁症，厌世的情绪一不留神就会爆发。难过的时候，我很想找个人聊聊，却没有任何人可以聊，小赵、韩江雪、张盛，这些每天都能见面的人，一旦知道我有这种想法，会怎么看我？

但我不是自己想要这样的，恰恰相反，我大部分时候都很乐观，能理解这个世界的任何善意和笑点，甚至经常逗得别人哈哈大笑。只是我的身体，有时候不听话。

"还有宋瑜，就是我刚才说的那个胖子，不是带了女朋友过来吗？他啊，做生意失败，欠了一屁股高利贷，本来也是要寻死的，但舍不得女朋友，就一直瞒着她。"

我现在才知道，原来两年前我无意间闯入了一个"绝望者聚会"，每个人都因为各自的理由失去了活下去的希望，但当知道朋友要结束自己孩子的生命时，却都赶去阻止。

这群人，对生命到底是厌恶还是热爱呢？

"我不知道别人是不是也这样，活着活着，突然有一天，天上掉下一把大刀，把生活劈成两半。"老李说，"两年前的那一天，对于我们那群人来说就是那把大刀，过了那个晚上，每个人的生活都发生了翻天覆地的变化，仿佛开始了新的人生。不过有一个人的新人生，却是死亡。"

"谁？"

"就是那家咖啡店的老板，她真的自杀了。她答应我们，不会再夺去孩子的性命，可没有答应我们不夺去自己的性命。第二天她把孩子抱到这里，说自己有事，让我代为照顾一天。可到了晚上都没有来，后来我听说，那天来福士广场有人跳下来摔死了，有人还在网上发了照片，照片很模糊，但我直觉就是她。一个大活人，就这样轻而易举地消失了，就像从网上删掉一张照片那么容易。我也不是没有经历过亲人的死亡，但都是被动的，一个认识的人主动从世界上消失，这件事给我很大的冲击，我发现我渐渐不敢说自杀这两个字了。不过更重要的一点是，我们那群人有了一个共同的目标，就是那个孩子。"

"你们打算一起抚养那个孩子？"

"是的，他没有上户口，所以我们只能私下抚养。这里肯定是不行啦，房间这么小，打开门就看得到隔壁卖肉的大哥，一是没法解释，二是迟早有一天他会和卖肉的大哥拼个你死我活的，我们只能另外找地方。宋瑜破产了，自己都没地方住。小李更别说了。于是我们准备凑钱租一套房，专门用来抚养那孩子，那个地方你也知道，在武康路。"

"就是小李被害时所在的那个公寓吗？"线索渐渐串联起来了，可是还有很多想不明白的地方。我问："那现在孩子在哪儿？为什么小李要伪装成周天明？"

"我之前说了吧，那个时候开始，我们每个人的生活都发生了变化。宋瑜跟她女朋友坦白了破产的事实，果不其然，他女朋友跟他提出了分手。宋瑜没有失落，他接受了女朋友的离开，还跟我们说：'做生意嘛，就是浮浮沉沉的。等我再赚到千万身家的时候，再去追她。'"

很显然，经过两年的奋斗，宋瑜又变回了一个成功的商人，但并没有追回顾思义。

"至于你的朋友周天明，在我家住了几天，我跟他说工作的事情别急，我这里虽然小，但你想住多久就住多久。但有一天我和小李出去找房子，回来的时候周天明已经离开了，他留了张纸条在床上，上面压着他的身份证。纸条上写的大概意思是谢谢我们，他不会寻死，但也不想继续做周天明了。他的身份证就当是给那个孩子十六岁的生日礼物，如果他不嫌弃的话，可以用这个名字生活。"

"他就这么走了？后来有再联系过你们吗？"

"没有，直到现在我都不知道他是死是活。"老李叹了口气，沉默了一会儿，又接着说，"不过多亏了他的身份证，让我们不至于为那孩子的身份头疼。那时我和小李已经看上了武康路的那间房子，租得起，离得也近。我们的计划是这样的，先由年纪体貌相仿的小李拿着周天明的身份证去租下武康路的房子，然后把孩子关在里面，我们轮流过去照顾他，同时训练他模仿周天明的动作和习惯。小李偶尔和邻居房东说句话，让大家知道有'周天明'这个人在,不要产生怀疑。然后我们就耐心地等待,等有一天时机允许,就让那个孩子名正言顺地使用周天明这个身份。"

这个"计划"超出了我的想象,我努力回忆两年前那个有些凶猛的男孩,又不知为何想起周天明远在河南的双亲,一时语塞。

老李似乎也陷入了回忆,屋子里突然变得安静。我又点燃一根香烟,狠狠地吸了几口,问道:"那你们有没有顺利地把他'训练'成周天明?"

老李又发出了像哭一般的笑声,床垫被他震得发颤。

"说来可笑,那个孩子,不久前死了。"

"死了?!怎么死的?"

老李没有回答。他沉默了很久,久到我一度怀疑他睡着了。正准备开灯看看时,他突然从床上坐了起来,把我吓得站起了身。

"要不要去屋顶喝酒?"

其实打从一开始我就纳闷,老李总说"在屋顶上喝酒",到底在哪里的屋顶喝酒啊?

我定了定神,答道:"好啊,怎么去?"

"爬上去。"

老李下了床,打开阳台门,我跟了出去。说是阳台,其实特别小,连一张桌子都摆不下,我和老李两个人光站着都觉得挤。

"看到那根晾衣杆了吗?"老李指着眼前的两根长杆说,"先踩着这边这个木箱子,再攀住晾衣杆,然后脚踏在窗框上,人趴在晾衣杆上顺着爬,就到屋顶了。"

我听懂了他的意思,其实用眼睛看就知道了,线路很明确。

"攀岩啊……"我喃喃道。

"不一样，这个没保护。"

"那如果我摔下去了怎么办？"

"只要抓紧就摔不下去。"

我疑惑地看着老李，手紧紧攥住晾衣杆。老李指指窗框，我机械性地抬起右脚踏了上去。接着他扶着我的腰，托了一把。

"放心吧，那个时候我们一心想死，每个晚上都爬，愣是没出过事。"

真的动起来之后，我发现也没有那么难。很快我整个身子就趴在了两根晾衣杆中间，开始手脚并用地朝前挪动。距离并不长，挪动几次，我的手就搭住了屋檐上的瓦片。

我一直以为瓦片是一片片独立的，因为武侠片中的侠客躲在屋檐上偷看时，都会碰掉一片瓦。可至少此时我身下的瓦片很结实，我一路爬上屋檐，也就只是发出了一些声音，没有瓦片掉落。而就在我准备转身坐下时，手机突然震动了一下。我一个激灵，脚没踩稳，屁股往下滑，还好我反应足够快，连忙用手撑住。

屁股底下响起一阵哗啦啦的响声，手掌心被磨得生疼。我发现自己已滑到屋檐边沿，小腿都荡到了空中。虽说只有两层楼高，但毫无防备地摔下去，也可能会致命。

"没事吧？"

下面传来老李的声音。

"没事。"

"正好，你先别回去，我抛一袋啤酒上来。"

"什么？"

我刚问完，答案就出现在我的眼前。一个白色塑料袋从我的两条腿中间飞了上来，我凭条件反射接住，又是一阵手忙脚乱。

"等着,我来了。"

我应了一声,调整了一下坐姿,让自己坐得更稳一点。然后把装着听装啤酒的塑料袋放到一旁,从兜里掏出手机,想看看谁差点变成杀人凶手。

是星儿。

微信只有一句话:"你在哪儿?"

我感到一阵温暖,她一定知道我被警察通缉了。现在已经是后半夜了,而她还辗转难眠,担心着我。

"我很好。"我回道。

很快,微信又来了,还是那句话。

"你在哪儿?"

"我在威海路的一条小弄堂里,和朋友坐在屋檐上赏月呢。"

打完这行字,老李爬了上来。我把手机揣进裤兜,它没有再响。

"这么晚了,还有消息?"

老李在我身边坐下,拆开塑料袋,递给我一罐啤酒。"看看时间。"我说。

我们拉开易拉罐,碰了下杯,开始喝起来。

"能给我一根烟吗?"老李问。

"你也抽烟?"

"我妈死后就没抽过,今天突然想抽一根。"

我给他点上烟,他重重地吸了一口,仰着脖子对准远处的月亮吐了出去。

"你听说过陨石猎人吗?"抽了两口,他突然问。

"陨石猎人?没听过。"

"我和你说过,两年前的那个晚上之后,我们每个人的生活都发生了变化,但我和小李依然没有找到合适的工作。如果只有我们两个人,哪怕拾荒讨饭都没关系,但还有一个智力不健全的孩子要抚养,没有收入是不行的。我们不像宋瑜那么能干,做生意没那个本事,期望着能中彩票,可我们连买彩票的钱都不舍得出。有一天下雨,我跟小李讲,要是天上会下钱就好了。没想到,就在我说完这句话的第二天,小李就拿着一张报纸跟我说,天上真的会下钱。"

"怎么可能?"

"当然不是真的钱,是陨石。"老李说,"报纸上报道了国外一个专门收集陨石的人,叫罗伯特·黑格,据说他捡到的陨石加起来值好几千万美元。"

"陨石那么大,怎么捡得起来?"我回忆着曾经在科幻电影里看到过的陨石,都巨大无比,直接在地上砸出一个坑。

"陨石不都是大的,也有些很小。据说光在中国,就有一万多名专门收集陨石的人,这群人自称'陨石猎人',每天游走在荒漠、高原,尤其是有流星雨出现的地方,发现陨石的概率会很大。全世界没有一条法律规定外太空掉到地球的陨石归谁所有,所以谁发现、谁捡到,谁就拥有,而这些稀有的石头往往都能卖出不菲的价格。"

我想起刚才在老李的摊位上看到的那些形状各异的石头,恍然大悟,原来那些是陨石。

"你晚上在黑市上摆摊卖的,就是陨石?"

"那不叫黑市,太难听了。"老李说,"我们管它叫鬼市。"

"平心而论,哪个名字更好听?"

"呃……都难听,不过我们叫惯了嘛。"老李喝了口酒,打了一个嗝,"陨石猎人这个职业之所以一下子就打动了我们,钱倒是其次，最重要的原因是那个孩子。我之前跟你说过吧，那个孩子脑子不太正常，特别喜欢亮晶晶的东西，有时候天气特别好，晚上可以看到一两颗星星，不是很明亮，比路灯暗多了，如果我一个人走在路上根本就不会发现。但那个孩子会发现，他会走到窗前，隔着玻璃用手去够那颗星星，每当这个时候，他都特别专注。所以我和小李决定，去找陨石，找到的第一颗陨石，就当作送给他的礼物。"

老李的嘴角挂着笑，凝视着深蓝色的夜幕，我从侧边看去，发现星星都藏在他的眼睛里。

"他收到这份礼物一定很开心吧？"

"没有，我们始终没找到过真正的陨石。"老李摇摇头说，"陨石可没有这么容易捡到，那些陨石猎人都是满世界跑，而我和小李就龟缩在上海，流星雨都看不清楚，捡到陨石的概率更是比中彩票还要低。"

"可是你不都摆摊了吗？"

"假的。我在卢湾区逛十分钟，捡了一麻袋回来，有人问我就说这些石头的故乡不存在于地球上。反正卢湾区已经归到黄浦区了，地球上确实不存在，我也没骗人。"

"那有人买吗？"

"当然啦，不然我怎么活到今天？赚得不多，但毕竟是无本生意，进账就是利润。其实啊，大部分人不是真的对陨石有研究，只是图个新鲜，而且送礼比较唬人。我们那条街卖的全是假货，所以叫'鬼市'，李鬼嘛。但客人们一进来就被震住了，觉得高手在民间，今天不买就错过了。卖假货，就得搞得神秘一点，真要放在百货大楼的玻璃柜台里，我看也无人问津。"老李使劲嘬了几下烟屁股，顺手一弹，未熄灭的烟蒂像一颗流星划过空中,"扯远了,你刚刚问我那孩子是怎么死的,对吧?"

"嗯。"我点点头。

"那天晚上是小李在照顾他,当时还没入秋,天很热,那公寓又没空调,小李就把窗户给开了。本来这也没什么,两年下来那孩子的情绪稳定多了,那晚天上也没有星星,不用担心那孩子老想上天。小李就让他待在客厅看电视,自己去洗澡了。家里灯都关了,只有电视机亮着,不出意外的话,那孩子会一直盯着电视。可那天晚上不知道哪个狗娘养的,他妈的放烟火!"

我心里一紧,那间公寓在武康路上,就在我工作室旁边。市中心严令禁止放鞭炮烟火,唯独有一天,我为了庆祝买到钟晚的版权,和公司的员工大半夜偷偷放了烟火。

老李没有察觉到我的异样,依然沉浸在气愤的情绪当中。

"那孩子看到外面突然炸开的烟花,注意力完全被吸引了过去,就爬出了窗子。真傻啊,那又不是星星,怎么可能摘得到,就算是真的星星也不行啊。"老李气得语无伦次,叹了口气,捏扁了喝空的易拉罐,继续道,"小李洗澡洗到一半,听到外面有放烟火的声音,知道要出事,衣服都没穿就跑了出来,但还是晚了一步,那孩子当着他的面从窗户跳了出去,就这么摔死了。"

我没想到自己无意间的举动居然害一个人丢了命,理论上我就是杀人凶手。我语气平静地问:"摔死在武康路上,没有人发现吗?"

"嗯,大晚上的,街上没人。摔下去的声音想必是被烟火声掩盖了。小李跟我说,他当时恨不得也直接从窗户跳下去,但还有理智,就赶忙跑了下去。"

"光着身子跑下去的?"

"没,身上还有沐浴露呢。"老李说,"他说他看到尸体,脑子一片空白,不知道该怎么办,回过神来的时候,发现自己已经把那孩子抱回了家里。人死了,血却还很有活力地流,渗进了地板。我们赶过去时,那孩子的身体都凉了。"

"你们没报警吗?我怎么没听说这件事。"

"报警怎么说?这孩子本来就没户口,一个不存在的人死了,我们怎么解释?我和宋瑜先把外面楼梯上滴的血擦了,马路上的血迹是擦不干净了,还好旁边就是菜市场,整天宰鸡杀鱼的,地上有点血迹,空气中有点血腥味倒不至于引起别人的怀疑,泼几桶水就差不多了。问题是那孩子的尸体,我们是真不知道该怎么处理。宋瑜说找个乡下地方点火烧了吧,我觉得行不通,把一个人烧干净得多大的火啊,我听说火葬场那些焚化炉的温度都不是普通柴火能烧出来的,万一烧没烧完,被别人看到了,到时候更麻烦。我说那绑一块石头扔苏州河算了,小李又不答应,觉得这样对待他太可怜了,我知道他还自责呢,总觉得那孩子的死是自己的责任,我跟他说要怪就怪那个挨千刀的放烟火的家伙,他说不,是怪他自己没看护好。"

"我觉得……都不对吧。"我小声说,"放烟火的是次要责任。"

"随便啦,人都死了。大家都挺憋屈,这两年生活的意义一下子被抹杀了。我们小心翼翼、忍气吞声,满怀希望要把一个生命照顾好,他还是轻而易举地死了。"老李骂了句脏话,接着说,"后来总算是达成了共识,那孩子的尸体在家里多放一天,由小李看着,然后我和宋瑜两个人呢去郊区找个没有人的地方给他挖块地,到时候载过去埋了,以后清明节也算有个去处。"

"后来你们埋哪儿了?"

"松江边缘,也可能出上海了,不知道。反正那地方没人住,公交地铁都没有,草都长疯了。宋瑜开了几个小时才到,其实上海挺大的,别看市中心人挤人,其实周边很多地方特别荒凉。这事情处理完之后,我们都挺失落的,那房子也没有再租下去的意义了,不过地板上渗进了血,擦不掉,房东看得比谁都仔细,就这样还给人家,说不定会一路追查,最后把那孩子的坟给刨了。于是我们商量着,先把人家这地板给换掉,住几个月再退租。后来,就是小李一个人住那儿了,直到他死掉。"

关于小李为什么要用周天明的身份租住在武康路公寓,我已经彻底搞明白了。我从没想到过,就在这间离我每天生活工作的办公室几步之遥的公寓里,发生了这么多事情,而且这些事情或多或少都与我有关。两年前的咖啡店也好,为了庆祝放烟火也好,我总是在无意间旁插一脚,搅乱了他人的生活后又离开,我想,我之所以落到今天这个地步,还因为一起和我无关的命案而被追捕,也是冥冥中的报应吧。我始终都没有真正和这群人分别过。想到这里,我突然好奇一件事,便问道:"对了,你怎么还和蒙面作家保持联系?"

"这两年他一直和我们在一起。"老李说,"两年前我们开始在武康路照顾那孩子的时候,有一天他突然找到我家来,说知道咖啡店老板死了,孩子一定是我们在照顾,提出要加入我们。我不知道他是怎么知道我住这儿的,但我想有心要查,总有办法。让他加入也没什么坏处,毕竟他本来就知道有这么一个人存在。在鬼市卖陨石就是他给我出的主意呢,我一个正常人,哪儿知道那种地方。不过他从来没有在我们面前解开过绷带,所以我们一直不知道他到底长什么样。他也不是每天都出现,有时候一个月来一次。"

"你就不好奇他到底是谁?"

"说实话，不好奇。"老李又打开一罐啤酒，"都是苦命人，问下去又是一堆糟心事，听来干吗呢？我猜啊，他可能遭受过什么火灾，真实样貌没法见人，这才把自己蒙起来。别人问的时候就顺嘴一说，说自己是蒙面作家，半开玩笑，久而久之自己也就当真了。绷带，不就是止血和掩盖伤口用的嘛。"

突然，一个念头在我脑中一闪而过，我还没来得及细想，就听到老李又捏扁了一个易拉罐。

"你知道小李是怎么死的吗？"我问。

"不知道，太古怪了，警察应该能查出来吧。"

"警察推测说我是在别的地方把他摔死后，连同地板一起运过去的。所以房间的地板很新。"

"警察还真不简单，这都能想到。"老李苦笑了一下，"不过那地板是我们换的。"

"你不认为我是凶手？"

老李没有马上回答，而是歪过头盯着我看了一阵子。

"不像。"最后他说，"宋瑜跟我说，命案发生后你还去找过他，想要套出点线索，看样子是真心想查案。如果你是凶手，根本不会做这些多余的事情。"

"太好了，那你去跟警察说吧。"我诚挚地看着他，"警察不知道小李有你们这些朋友，如果你把刚才跟我说的那些前因后果告诉警察，他们肯定会重新搜查。"

"我不去。"老李避开我的目光，"把一切都告诉警察，那这两年我们尽力隐瞒的事情就会全部曝光。即便如此，还未必能抓到真凶，不值得。"

"可以救我一命啊！"冲动之下人总会说出不该说的话，我感觉自己耳朵发烫，明明孩子就是因我而死，如今我却厚颜无耻地要求老李来拯救我。但我想活着，想洗清冤屈，这又有什么错呢？

见老李没有搭腔，我便又说道："老李，你也不希望小李死得不明不白吧？"

老李使劲摇头。

"我当然想揪出真凶，但我更不希望警察去翻旧账。小李也不会希望的。两年前我们离开咖啡店的时候答应过老板，要一辈子保守秘密，犯法我不怕，但我绝不能食言。"老李说得坚决。

"可你明明知道我是无辜的，难道就准备看着我被警察追捕，什么都不做吗？"

"我把你收留在这里，难道还不够吗！"老李突然拔高了音量，顿了一下才又恢复原来的语调，继续说道，"我还把这些秘密都告诉了你，不管你最后会怎样，至少不会不明不白。"

远处天际已有些发亮，我看着老李，也许是熬夜的缘故，也许是将秘密和盘托出的缘故，他看起来比几个小时前苍老了很多。我突然不忍，口中说道："那我们做个交易怎么样？"

"什么交易？"老李转过头看着我问。

"你让我住在这儿，我来找出杀害小李的真凶。一旦找到真凶，警察就不会再抓我了，你们的秘密说不定也不会泄露。"

我从老李纠结的表情中看出了一线希望，连忙又说道："其实这起案子中不只小李被害，还有我的女朋友，哦，就是宋瑜的前女友，你知道的吧，她也被这个凶手杀死了。你想想宋瑜，他一定也想找出真凶吧。"

"那三天。"老李犹豫了一会儿，又转头看向远方，说道，"我只收留你三天。如果你三天内没有找出真正的凶手，我会亲自把你送到派出所。不，以防你泄露我们的秘密，我可能会杀了你，把你埋到松江，陪那孩子。"

他认真的语气让我有些毛骨悚然，我连忙故作轻松地说："你不是在开玩笑吧，老李。为了不破坏和咖啡店老板的诺言，宁愿杀人？你们又不是夫妻——"

"胜似夫妻。"老李皱起眉打断了我的话。

放到往常，我一定会注意到他表情的异样，从而顺理成章地推测出他其实一直暗恋着那个女老板，所以才甘愿为了她的孩子做那么多事。可是这一刻，我却没有多做联想，因为我无意间发现了另外一条思路，一条被众多枝蔓掩盖着、却是最简单不过的思路。

正因为我碰巧经历过两年前的事，才会把这两起案件想得那么复杂。其实抛开两名死者的个人经历，这几天所发生的事很简单，就是一男一女被杀了。男的是被抄袭的网络写手，女的是我最近旧情复燃的前女友。

如果是夫妻的话，可能真的会出于爱而起杀心。

这个念头像一块吸铁石，将原本散落在记忆中的各种细节吸到了一起。

"怎么，赚到钱了？"

"下个月开始，生活费能不能提高点？"

"想开个咖啡店。"

星儿在不同场合跟我说的话串联到了一起。如果钟晚抄袭的事情被曝光，我的工作室会血本无归，为了自己的经济利益，必须抹杀掉小李这个人。

刚才去星儿家时，她穿着蓝色牛仔衣，脸上还带着妆，可她不用上班，因此很有可能和我一样，刚从外面回来。

顾思义被杀那一晚，我曾在走廊看到有人走进她的房间，那块一闪而过的蓝色衣角,越来越像星儿身上那件牛仔衣。

"我干了这么多年警察,见过太多杀人犯,动机无非就是老三样,钱,爱,恨。"

——这是秦队在星儿家说的话,现在想来,真是让人不得不佩服。真相就是太简单,才容易被人忽视。这三大动机里,星儿占了两样。

想到这里,我背后冒起一股寒气。我们离婚已经两年了,她却还在控制着我的生活,希望我能赚大钱,希望我只忠于她一个人。

刚刚那条"你在哪儿"的信息是什么意思?是在关心我吗?

不。我已经没有任何用处了,她知道我破产了,还被警察通缉,就算我回归正常生活,也只会成为她的累赘。

难道……

难道她知道我已经没有用了,所以想问出我在哪里,好让警察过来抓我,给她顶罪?

"你怎么了?"

耳边传来老李的询问声,我哆嗦了一下,说:"老李,我们得赶紧换个地方。"

但还是太晚了。晨曦中响起凌乱的脚步声,我看到秦队领着几个年轻警察出现在楼下。

"他在那里!"秦队指着我的方向喊道。

我听到老李骂了句脏话,然后背部感受到一股力量,整个人扑了出去。在天旋地转的几秒钟时间里,我居然什么想法都没有。

耳朵里传来一声巨响,应该是身体砸在水泥地上的声音,痛觉还没来得及传到脑子,我就已经失去了意识。

终章

冬天彻底到了。

病房里的空调开得很足,可一走到院子里,我顿时冷得缩成一团,感觉身上的病号服实在无法抵御多少寒气。

"跟你说了外面冷吧,我这是警服,不能给你披。"

"没事,你就算不穿警服,我也不能让你脱啊。"我对唐警官说,"憋好几天了,再不让我抽一根,瑞金医院多少医生都救不回我。"

唐警官把我搀扶到一张长椅前,我跪在椅子上,手扶着靠背,叼上了烟。由于我的姿势太奇怪,唐警官也不好坐下,只得站在一旁。

"还是没法坐啊?"唐警官问。

"嗯。"我猛吸了几口烟,说,"唐警官,你说这尾骨有什么用呢?人类明明都进化到用不着尾巴了,怎么不能斩草除根,把那小骨头也一并消灭了呢?"

"当然有用啊。它能骨折,替我们警方教训教训你。"

"得了吧,现在真相大白了,我可是遵纪守法的好市民,不能教训到我头上吧。"

"谁知道你背地里做过什么缺德事呢。"

我想起偷偷放烟火的事。

"反正我没杀人就行了,其他事不归你们刑警管。"我故意把烟头扔进草丛,唐警官唬了我一眼。

"今天秦队怎么没来?又盯着哪个倒霉蛋去了?"

"你是谁啊,秦队本来就没义务看你。"唐警官用脚拨了几下草丛,想找出烟头,"医生说你这两天就能出院了,到时候来一下局里,结案报告需要你一份口供,再给我签个字……哎,差不多行了,怎么又抽一根,你想直接转去肿瘤科啊?"

"再抽半根,再抽半根,风大,都给风吹去了。"因为着急,我连着猛吸了几口,结果被呛到,咳得眼泪都出来了。"那什么结案报告,你就不能直接带过来给我签吗?不是我不舍得跑一趟啊,实在是不想看到你们秦队,那张脸太吓人了。"

"还是劳驾你跑一趟吧。这次过来你也见不到他了。"

"牺牲了?"

"呸,能不能说点好话?升职了。"

"哦,破案有功,应该的。"我酸溜溜地说着。

"早就确定了,本来做完上个月就要升了,你这案子还耽误了他几天呢。抽完了吧,我扶你回去,我这还在工作呢,回去还有事。"

"行,不耽误你。"

我们刚走到病房门口,就听见里面传来护士的说话声,听起来像在跟谁争吵。我这间是警队特批的单人病房,按理说很安静才对,唐警官也是一脸纳闷。我们走到门口,看到护士正对着一个浑身缠满绷带的人焦急地说着话。

"这里是别人的病房,烧伤科不在这层……"

"蒙面作家!"

护士一脸狐疑地看向我,我连忙跟她解释:"这是我的朋友,来探监……不对,来探病的。"

"这样啊。"护士走的时候还打量了几眼蒙面作家,不依不饶地跟我说,"你朋友伤得比你严重,好几级烧伤吧?应该你去探望他才对啊。"

"是是是。"我赔笑着不停点头,总算把她送了出去。

"梅先生,正好你朋友来了,那我先走了。"虽然唐警官也忍不住多看了几眼蒙面作家,但出于职业素养,还是一脸镇定。

"唐警官,我还有很多问题要问你呢。你们是怎么查出真凶的?还有,那个不可能坠亡是怎么做到的,你不是对这个很感兴趣嘛,我还以为你今天找我是来聊这个的呢。"

"这些问题,你还是问你前妻吧。"

"星儿?"

"就是她告诉我们真相的。"

"可她这几天一次都没来看过我啊。"

"你不会出院了自己去找她啊!我走了,再见。"唐警官故意踩着重重的脚步,走了出去。

我艰难地趴到床上,蒙面作家一句话都没有说,安静地看着我。

"不好意思啊,我只能趴着,尾骨骨折。你随便坐。"

"吾没什么事,听说汝住院了,吾想送一个果篮就走,结果正好撞到护士,被她缠住……嗯,那不打扰汝养病了,吾先走了。"

"等一下。"他走到门口时,我突然叫住他,"你的那幅画,这两年一直挂在我办公室呢。"

"吾的画?哦……哦,对,汝喜欢就好。吾走了。"

"谢谢你,保重。"我趴在床上,笑着说,"周天明。"

听到这三个字,他只是停了一下,然后一句话没说,消失在门口。不过他这个反应已经够了,我知道我猜得没错,这半辈子我得出过太多错误的答案,但在这个问题上,我知道自己是对的。

那天晚上我就感到奇怪,他说是从电视新闻里看到我被通缉的事情,可我认识的蒙面作家抗拒一切新事物,只会读报,不会看电视。我以为他是幻觉,把他打得原地转了一圈,可并没有文房四宝和写着"精气神"的扇子从他宽大的袖子里飞出来。最关键的是,他根本不知道我以前写过小说,是通过蒙面作家的规劝才改行做了编辑。所以他对我说出那句"汝有这么多奇想,做编辑屈才了,不如写推理小说吧"时,我就已经确认,他不是真正的蒙面作家。

接下来就简单了,会伪装身份带我去找老李的,只有一个人,周天明。

老李跟我说"绷带本来就是止血和隐藏伤疤用的",无意间说到了重点,周天明的手臂上就有那天留下的深深的伤疤。他虽然放弃了周天明这个身份,但心里依然关心着那群人,还有那个孩子。不管是脸还是手臂,只要露出来一样都会被老李发现,所以他想到了那个蒙面作家,浑身缠满绷带的形象正好满足了他所需要的一切条件,装扮起来又简单,而且连声音都会改变,只需说话的时候注意把"你我"换成"汝吾"就行了,简直是最佳的变装对象。

这几天趴在病床上,我把这些细节都拼了起来。我原以为不管是真的蒙面作家,还是假的蒙面作家,都不会再遇到了,谁知道他却突然出现在病房。真的蒙面作家没有理由过来探望我,但我也不敢肯定，于是试探了一下。果然，他不知道两年前蒙面作家送给我的是一幅字，而不是一幅画，这下，我终于敢肯定他就是周天明了。

下午，小赵和韩江雪来探望我。我住院的这几天，工作室的三名员工都借着"探望老板"的理由公然翘班。

"多亏了小赵这样的员工，星尘工作室才能起死回生。"我看着韩江雪手中越削越长、荡来荡去的梨皮说。

韩江雪刚才从果篮里拿水果时发现了一张照片，照片上的人无疑是周天明，背景是南京路步行街，他一身休闲装扮，紧张地笑着。

"我可不是员工。"小赵说，"主编，你别赖账啊，我们签了合同的，我现在是股东。作为老板之一，想办法救工作室于危难，是天经地义的事情。而且我只是出了点力，资金有人赞助。"

说着，小赵递给我一张汇款单，上面赫然写着星儿的名字。

我呆愣在原地，万种思绪涌上心头，又听到小赵说："这位李女士还留言说这钱是你存在她那儿的。"

小赵识趣地没有多问，而我当然无从解释，只是努力定了定神，问："你那几本书反响不错吧？"

"销量持续上升，已经有好几家影视公司过来找我，要买版权了。我估计照这个速度下去，很快就能把钟晚那个大坑给填回来。"小赵拍了拍西装肩膀上根本不存在的灰尘，说，"我之前跟你说，你还不信。事实证明我这套作家和作品一起营销的思路是对的吧？"

"对对对。"这几天他们每次过来带来的都是好消息，心情一好，我连尾骨在不在都感觉不到了。

"对了，小赵，下回来你帮我带个信封和邮票。"

"叫个快递不行吗？给谁写信啊？"

"别多问了。邮票要能寄到河南的啊。"

出院那天，我让小赵先叫了辆车送我去警局，结果出门就看到一辆黑色的玛莎拉蒂。我从来没坐过这么高级的轿车，当下傻了眼，嘴上还斥责他瞎浪费钱。小赵却为我打开车门，笑嘻嘻地说："不费钱，朋友的。"可我看司机对我们的态度，不像是朋友。

去了警局才知道唐警官也升职了，正忙得不可开交的她把我安排到一间会议室先等。这一等就等了几乎一个下午，中间她只过来端了一杯水给我，与我有关的结案报告和需要签字的文件很晚才送来。我看着结案报告上凶手的名字，问她这是谁，她却还是让我去问星儿。

住院的这几天让我对科学有了进一步的认识，比如爱因斯坦说时间是相对的，我现在无比认同。在病床上趴一天，总感觉世间已经过去一千年。按照相对论的解释，我和星儿就已有数千年没见。

早晨我给星儿发了个微信，约她晚上吃饭，她说好，让我看着订饭店。

从警局出来时已临近傍晚，时间上来看应该马上赶去饭店的，但我想洗个澡换身衣服，因为以现在的样子去见我的救命恩人未免有失礼数。

于是我回到好久没有回去的工作室，发现三名员工还没有下班。办公室还是老样子，但也许是心理作用，我总觉得焕然一新。

我洗完澡，把胡子刮干净，又用小赵留在盥洗室的发蜡抹了下头发。出来时正好碰上去倒水的韩江雪,我发现她今天也精心打扮了一下。

"哟,今天很好看啊。"我说。

她有点不好意思,撩了撩额前的头发,说:"主编,跟大家一起出去聚个餐不?"

"哎呀,我今天约了人,要不明天吧?我请大家。"

韩江雪意味深长地"哦"了一声,走开了。

我回到办公室,准备拿上外套就走,结果又被小赵叫住了,他把一只纸盒放到我的办公桌上,说道:"你的快递。"

"什么啊?"我随便找了支笔戳开胶带,发现里面是几袋瓜子。

"哇,主编你这么喜欢吃瓜子啊?"小赵似乎被吓到了。

我哈哈大笑,想起远在河南的那对老人,又想起顾思义,心绪复杂。

"朋友寄来的。"我说,"你们拿去分了吃吧,特别好吃!"

小赵似乎还有话和我聊,但我再不走真的不行了,只得匆匆道别抓起衣服跑出了门。忙碌的工作、充实的生活、朋友的关爱、同事的打趣,我想一头扎进这些能让我安心的日常中去,但首先,得先把过去的问题好好解决。

赶到位于外滩的西餐厅时还是迟到了,星儿正坐在位子上等我。

我有些忐忑地坐下,道歉的话却不知从何说起。

这家法式餐厅光线很暗,冬天的上海落日又早,面对面坐着我几乎看不清星儿的表情,倒是她的蓝宝石耳坠闪闪发光。即使有黑暗作掩护,还是难掩尴尬气氛,我几次试图说些轻松的话题,星儿倒是都配合地笑了,但我知道她的笑只是出于礼貌。

很奇怪，离上次去她家只过去了半个月，我却觉得我们之间疏远了很多。我不知道是不是因为我瞒着她和顾思义去河南导致她对我彻底失望，只好拼命咀嚼并不好吃的蒜蓉面包。

等待主菜的空当，我决定进入正题。

"我要郑重向你道谢，如果不是你，我可能现在正在吃牢饭呢。还有我的工作室——"

"这蒜蓉面包的硬度，估计和牢饭也差不多。"星儿打断我的话，似乎不想多听感谢的话。

我眉开眼笑，这次她不是附和，而是吐槽反击了，说明气氛有所缓和。主菜端来，小羊排瞬间变得美味起来。

"我今天去警局了，看到结案报告上写着凶手是陈芳，这名字我从来没听过啊。"我决定趁热打铁。

"我也没听过。"

我十分惊讶。

"可唐警官说是你帮他们抓到凶手的啊，你不认识那个陈芳？"

"不认识。"星儿睁着大眼睛说，"而且我也没帮什么，没有我，他们一样能破案。"

"是嘛……"我倒不这么认为，"说实话，这里面还有很多事我搞不清楚——陈芳是女的吧？"

"是女的。"

"那你是怎么知道她是凶手的呢？"我放下刀叉，摆出想认真倾听的架势。

星儿看着我沉默了一会儿，突然笑道："怎么？梅大侦探要向我请教案情了吗？"

我不好意思地说："是啊是啊，看来我的推理小说都白看了。"

星儿故意摆好姿势,还清了清嗓子,这才开口。

"我亲爱的华生,其实这案子很简单。"我们俩都被这句开场白逗得笑出了声,她又接着说下去,"都是因为你先跑去警局说自己认识死者,导致警方对你产生怀疑,开始调查你,才会走了弯路。结果被害人还是个和你有关的网络写手,还伪装成别人……这才越来越复杂。而我呢,根本不认识什么小李、顾思义的,反而没那么多干扰。"

不知是不是我的错觉,我总觉得她刻意把"顾思义"三个字说得很用力。

我露出尴尬的微笑,等她继续说下去。

"小李那起案子,最关键的地方在于——他为什么看起来像是从高空坠亡的?"

"对对,用我们的行话说,叫不可能犯罪。"我说。

"不可能犯罪,哼。"星儿的口气很轻蔑,如果换了别人侮辱我心中的本格魂,我早就打上去了,"你们啊,就是推理小说看太多,走火入魔了,所以才老是把一些简单的问题复杂化。那个秦队也是,说什么你把小李从别的地方推下去摔死了,然后连同地板一起运过去。我看他也是推理小说看多了。现实中哪儿有这么有耐心的凶手?要是连这么麻烦的善后工作都愿意做,还会忍不住杀人的冲动吗?"

她说的也不是没道理,我想起很多推理小说中的凶手都是一时冲动杀了人,然后又像表演茶道一样耐心地、花费庞大的精力和时间来伪造现场。

"那你说小李是怎么摔死的?法医说了,公寓的楼层确实不足以摔得那么惨啊。"

"我问你，为什么从越高的地方摔下来，会摔得越重？"

"是重力加速度吧。"我也不知道对不对，物理知识都还给初中老师了。

"对，又叫自由落体加速度，初中学过的，九点八米每秒的二次方。你别这样看我，我也是后来上网搜了才知道的，平时谁会记这种东西。不过，基本的概念我还是知道的，为什么高度越高，摔得越惨？是因为掉落的距离足够长。而掉落的距离越长，就说明在空中坠落的时间越长，时间越长，加速度就越大。"

"我大概能明白你说的意思，不过小李的命案，问题就在于这段距离不够长啊。"

"你真是，脑子不会转弯呢。"星儿说，"那就排除距离的因素呀，找一找另外的条件——造成这么大的重力加速度，是因为小李坠落的时间足够长！"

"时间？"我还是没明白过来，"可是距离不够，时间怎么长呢？"

"很简单，在空中旋转。"星儿抿了口酒，没有马上解释，见我还是一脸痴呆，才继续说道，"唐警官第一次来跟我说的时候我压根儿没动脑子，后来那天秦队说你是凶手，还说出了换地板这么复杂的作案手法，我就觉得不对。你们走之后，我仔细想了想，顺着这个思路就想到了。你看过冬奥会吗？"

"冬奥会？"

"冬奥会不是有花样滑冰项目嘛。"星儿用手指在桌上比画着，"我有次在花滑解说里听到过，据说滑冰选手跳到空中完成旋转之后，落地的那一瞬间要承受比体重重好几倍的重量。你想想，他们跳得也不高吧，为什么会承受那么大的重量？就是因为转了很多圈。我不知道这样的类比对不对，但我当时就想到，如果是这样,也就是在空中旋转,就有可能出现小李在公寓里摔死的情况。秦队不是说了吗,小李的一边脸摔得特别严重,几乎看不出原来的模样了,而另一边却没那么严重,这似乎也佐证了他是旋转着落下的。好,既然是旋转着落下,而且摔得这么惨,单凭他一个人的力量肯定无法办到。后来警方调查发现小李身上绑了根绳子。"

"可是现场并没有发现绳子啊。"我反驳道,"如果发现了,警察不会放着不管的。"

"唉,所以说你没有写推理小说的天赋啊,我都说到这儿了,你就不能再往下推理一步?"星儿说,"现场没有发现绳子,就说明被人收走了啊!"

"回收凶器啊!我知道了,所以凶手是有钥匙的人,在尸体被发现之前,就把绳子回收了。"

"可是凶手为什么要特意去收绳子呢?因为她也是推理迷,想制造一起什么不可能犯罪吗?我认为这才是不可能。更可能的情况是——如果不回收,凶手的身份就会被发现。于是我猜想,恐怕是绳子的另一端拴在凶手所在的地方。那么就是住在小李楼上的那个人了。"

住在小李楼上的那个人?我记得好像是个大妈,我去现场时敲过她家的门。她就是陈芳?

"后来警方调查证明确实如我所想。那你现在想象一下,当时小李身上缠着绳子,绳子的另一端固定在楼上。这是在干吗?好好想想。"

我努力想着这样一幅奇怪的画面,却怎么也想不出理由。

"我不知道。"我只好承认自己的智商不及格,"请你告诉我吧。"

"我也不知道。"

"喂！"

"后来在警局，老李说了他们这些人之间的故事，这才真相大白。说起来，找到老李是意外收获，这么看来你也不是没有贡献。没有你的话，这起案子背后的动机恐怕还要让警方调查好久。说回小李这么做的理由，听完老李的故事，我马上有了一个想法，他是为了——摘星。"

"摘星？"

"那天晚上不是有流星雨吗，据说武康路是最佳的观测点。看到群星在窗外，仿佛要扑进自己家，小李神情恍惚了，想要伸手去抓住它们。老李说他们是陨石猎人，可能小李看到流星雨就一时激动了。跟你一样，干一行爱一行，浪漫又不切实际。"

星儿戏谑地调侃着我，我却陷入了沉思。

我知道小李真正的想法，他一定是想到了那个孩子。他一直在为那个孩子的死而自责，所以看到触手可及的流星时，才做出了这样的举动。他知道这很危险，或许已经抱着赴死的念头。

"总之呢，陈芳——我当时还不知道楼上住的是男是女，叫什么名字——为了帮小李摘星，便把绳子固定在自己家，还绕了好几圈。小李爬到窗台外，这是我的想象哦，可能脚已经踏在空调外机上了，这时意外摔了下去。如果他直线坠落就好了，在摔到地面之前，绳子就会绷住。可不巧的是，他可能自己下意识地用脚蹬了一下，人转而朝房间里扑去，身子不受控制，在自己的公寓里旋转，又旋转，最后狠狠地砸在了地板上。"

"这就像蹦极落到一半的时候撞在了地上。"

"嗯，你这个比喻不是很恰当，反正就是一个小概率事件。"星儿喝了口酒，继续道，"反正呢，我当天晚上一想到这些就赶紧联系了秦队,问他有没有询问过小李楼上的住户。"

"怪不得后来秦队不追我了,我当时还以为我跑过警察了呢。"

星儿白了我一眼,说道:"秦队耐心地听我讲了很久,然后让我去警局等他。他好像挂了电话就去公寓调查了,发现住在小李楼上的那个人几天前刚刚搬走。不过房东那儿有身份证复印件,警方很快就抓到了这个陈芳。"

我想起那天也敲开过楼上那户人家的门,当时就看到屋里大包小包的,应该就是在准备搬家。她那一脸撞到鬼的表情我到现在还记得。仔细想想,似乎曾在工作室附近看到过她很多次,在去河南的火车上也听到过熟悉的声音,但因为潜意识里觉得大妈都差不多,也就没多注意。此时这一张张脸都对上了,不由得惊出我一身冷汗。星儿说"女人一旦发胖,就会面目全非",真是太对了。肥胖改变了她的气质和相貌,这样的伪装比蒙面更方便有效。

她就是两年前那个咖啡店老板。老李的直觉错了,在来福士跳楼自杀的并不是她,她和周天明一样,把包袱甩开,失踪了。

我神游天外地想着,也许过了一段时间后,她还是放不下自己的孩子,良心发现想回去,但怕老李他们责怪,于是悄悄租住在那孩子的楼上,在暗处守护着他。我想既然小李同意让她帮忙固定绳子,想必是早就认出她了吧,只是不知出于什么原因,没有说出去。

两年前那一晚,聚在深夜咖啡馆里的几个心中有事、穷途末路的人,出门之后继续沿着各自的生活之路前行,我以为那喧闹的一幕只是偶然按下一次快门捕捉到的,没想到之后还能会聚在同一条街道,在几百米之内生活,无数次擦肩。

"你在想什么？"见我在发呆，星儿问道。

"啊，没什么。"我赶忙调整好心神，"那个……那顾思义呢？陈芳为什么要杀顾思义？"

"这我也不知道，后来听说她坦白说是为了灭口。"

"灭口？灭顾思义的口？她知道什么啊？"

"你的顾思义知道什么你不清楚吗？"她把"你的"两个字说得特别狠，"要命的是，陈芳以为她什么都知道。案发后，你是不是去现场转悠过，还敲了陈芳家的门？"

"是的，我看到她在整理东西。"

"唉，就是你啊，害死了你的顾思义。"

"什么？我怎么了？"我一时摸不着头脑，"不对，不对，怎么就是我的了？"

"你都调查到楼上了，又恰好看到她在整理东西，你觉得陈芳会怎么想？她肯定认为你在怀疑她。于是，她开始跟踪你。"

"一路跟踪我去了河南？可是她为什么杀了顾思义？不是该杀我吗？"

"因为顾思义手里有那块石头啊。"

"石头？什么石头？"

"你不是以为小李真的傻到去摘天上的流星吧？他那天晚上冒着被摔死的风险爬到窗外去，是想捡掉在空调外机上的陨石啊。陈芳交代说小李为拿石头摔死在了家里，她怕引来嫌疑，就打算等一等再去拿。结果她过去时发现那块陨石不见了。她怀疑拿走的人也看穿了小李摔死的真相，于是匆匆忙忙整理行李，想要逃跑。就在这时，你送上门了。陈芳跟踪你到河南，在火车上，她终于看到了那块石头，正被顾思义像宝贝似的拿着。那么，在她心里，顾思义肯定就是那个知道真相的人咯。"

顾思义在火车上宝贝似的捧着一块石头？

我忽然明白了，是宋瑜托我转交的小盒子，里面放的原来是陨石。我睡着的时候顾思义打开了它，这一幕被陈芳看在眼里，起了杀心。

可是，那块石头又是怎么跑到宋瑜手中的呢？我任由思绪蔓延，想象着那天晚上小李摔死在家中，手中握着陨石。宋瑜可能早就约好晚上要过来，一进门却发现了小李的尸体，尸体手中紧握着石头。看到这样的现场，他立刻像星儿一样洞悉了真相，但他没有报警，而是偷偷拿走了那块价值和意义都很重大的陨石，其余的一切保持原样。

这么说来，顾思义夸他有才华，还真是实话。起码比我脑筋快。

星儿继续说着："她一直跟着你们，某个晚上，终于逮到机会，进入顾思义的房间，把她杀了。顾思义被害时穿着睡衣，不是因为凶手与她关系亲密，而是因为对方也是一个女人。"说到"关系亲密"，星儿好像一瞬间失去了胃口，她把盖在腿上的餐巾叠了几下，放回桌上。"陈芳向警方交代她当时就说自己知道和小李命案相关的线索，对方马上开门让她进屋了。唉，真是个心急的小姑娘，大半夜的，又在穷乡僻壤的小旅馆，怎么能就这么给一个陌生人开门呢。"

星儿像是发自内心地感到惋惜，我却被她这番话说得心里刺痛不已。顾思义对小李的命案如此上心，八成是因为我的缘故。我把她拉进这件事，又冷酷地将她拒绝，最终让凶手有了可乘之机。

服务员来收走了主菜的餐盘，又端来餐后甜点。我和星儿都只吃了几口，就放下了叉子。

陈芳认罪伏法了，困扰我的谜团一一解开，但我仍有一件事十分在意。那个秘密，两年前临走时她要求我们保守的秘密，那个在错误中降生，又在错误中死去的孩子，她说出来了吗？

"陈芳有交代为什么小李一定要去捡陨石吗？有什么特别的原因吗？"我以此稍微试探。

"她说她和小李彼此相爱，但没钱结婚，想捡来卖了换钱。"星儿说到这里突然凝视着我，眼里是我看不懂的神色。她又补充了一句："但我觉得不是这样。"

我心里一慌。

"为什么？"我躲开她的视线，说，"虽然他们两个年龄和样貌都差距很大，但也可能是真爱啊。"

"得了吧，我知道真爱一个人的时候，说起对方时是什么眼神。"

"那你认为原因是什么？"我再次试探。

"我不知道。管他呢，案子都结了，他们要是有什么秘密，和我有什么关系？"

这家法式餐厅名声在外，口味却普普通通。但走出餐厅时我感觉肚子里很饱，可能是因为堆积了太多秘密吧。

初冬的夜晚很冷，不是北方那种天寒地冻，而是借着南方的潮湿渗入人的每一寸肌肤。我们无言地沿着外滩漫步，冷风阵阵。我脱下西装外套披在星儿肩上，她道了声谢，没有拒绝，还显得特别理所应当。左边是灯火辉煌的万国博览建筑，右边是波光粼粼的江面，一路上有无数对不怕冷的游人。我消化着星儿告诉我的一切，虽已不需再为清白操心，但心里仍有难以名状的不适。只有我知道，我是这段跨越两年的纠葛中的一个重要部件，甚至或多或少导致了许多悲剧的发生。我放的烟花导致那个孩子的死亡，我的私自调查和转交的石头导致顾思义被害。如果再往前追溯，两年前如果不和星儿吵架，夜半跑出去游荡，就不会走进那家咖啡店。这一切就不会发生呢？

想到这里，我突然觉得自己很幸运，这种心理虽然自私，却是真实的，并且给了我勇气和温暖。

"星儿。"我柔声说，"谢谢你，自始至终都没有怀疑过我。"

"不客气，要是这事发生在我身上，你也不会怀疑我的。"星儿若无其事地应道。

我真想给那时的我一巴掌。

走到外白渡桥时，身边的行人开始变少了。

我看了看手表，差不多到点了，现在不是忏悔的时候，我要去抓住美好的未来。

我停下脚步，深情地叫了声"星儿"。她茫然地转身看着我。

我单膝跪地，摸了摸口袋——糟了！戒指在西装口袋里，而西装……披在她身上。

可是跪都跪下了，不说点什么更尴尬。

"星儿，你……愿意嫁给我吗？"

星儿冲我眨了几下眼睛，说："你钻戒也买太小了，都看不见啊。"

"不是，钻戒在——"

"算了算了。"星儿打断我道，"我要天上的星星。"

恰在此时，外白渡桥亮了起来，站在桥上的我们仿佛置身星海。

我知道每天晚上这个时候外白渡桥都会亮灯，精心计算此时站在这里，想为求婚增加点气氛。我急中生智，说："星儿，这就是我给你的星星。"

她显然被突然亮起的桥身惊到了，她左右环顾，眼波流转。桥上的行人已纷纷举起手机对准我们，我听到周围响起快门的声音，还夹杂着惊呼。

"梅寄尘，你真幼稚啊。"

说完，星儿面无表情地扭头离开。我一时愣住，跪在地上，感受着冷风吹上脸颊，像扇上来的巴掌。

后记

我是一个很极端的人。

一方面对未知充满好奇；另一方面一旦了解了真相，就会立刻失去兴趣。就比如我写的所谓"推理小说"，往往在开头兴致勃勃，中段故弄玄虚，等到了结尾真相大白之后，所有创作的欲望和热情都会戛然而止。这一点也常常被我的读者诟病。

虽然到目前为止，我的读者只有零星几人。

今天晚上也是如此，写完一连串的意外和冲突之后，我却让老板娘说出了令人失望的真相。对于我来说，咖啡店里的秘密都被揭开，它平凡无奇。头套外的这些人未来会怎样，我一点都不关心。

唯一还有一丝好奇的，就是刚刚离开的蒙面作家了。

老李开车载着周天明去医院了，我没有和他们打招呼，顾思义靠在胖子怀里的样子更是让我一阵头晕。我离开这群人，匆匆朝蒙面作家离开的方向追去。

他走得不快，我很快就追上了。见我突然出现与他结伴而行，他也没有说什么。

"你是作家？"我问，"写过什么书？"

又往前走了几步，他才答道："吾不想让人知道。"

我感到奇怪，作家之所以写书，难道不是想让尽可能多的人看到自己的作品吗？至少我是这样认为的。

"其实我也是作家，我们可以交流交流。"

和他说话就像发电报，要隔一阵才能收到回复。

"汝也是作家？写什么类型的？"

"写的都是那种，嗯……没什么人看的类型。"

"推理小说？"

没想到这次他答得倒快。

"不过我相信迟早会有人看的！"我居然荒唐地跟一个陌生人吐露心声，"现在没人看我写的推理小说，是因为大家对真正的本格推理不了解，太小众了，但迟早有一天——"

"不要找原因了。"这一次，蒙面作家没等我说完就打断道，"没人看，只是因为汝写得不好。"

"你写得不好"，这句话我听过太多次了，星儿说过，朋友说过，出版社的编辑说过，不管我和他们有多熟悉，对方多么专业，我都听不进去。但这话从蒙面作家嘴里说出来，却让我有点心虚。

"你没看过，怎么知道我写得好不好？"

"吾见过太多这样的作家，每当有人批评他呕心沥血创作出来的作品，他的第一反应就是气愤，继而把希望放在下一个读者的评价上。说白了，他们不是在寻找读者，而是在寻找知音，这不是职业作家应有的心态。"

"那职业作家应有的心态是怎样的？"

"汝有时间吗？"蒙面作家突然问。

"有。"

"去吾家里喝杯茶吧。"

没想到他发出了这样唐突的邀请。我本打算和他聊几句就回酒店的，可现在又被勾起了好奇心。一个职业作家的家会是什么样的呢？对于我来说应该很有参考价值。

"好啊，离这里远吗？"

"走路的话，三刻钟左右。"

我没再言语，默默跟在他身边。也许是夜里戴着墨镜的缘故，他走得小心翼翼，如果是在路上遇到，我肯定会以为他是个盲人。来到肇嘉浜路，路边的路灯照得四周亮了起来，偶尔可以看到亮着绿灯的出租车经过。我提议打车，但蒙面作家没有理会，只是自顾自地往前走。我在心里感叹这人想必十分固执，也不知道是在跟谁较劲。

他对时间的估算很准确，四十多分钟后，我们走进了徐汇区医学院路上的一排老式临街公寓里。公寓楼下没有门禁，楼里十分阴冷。这是照不进太阳的老楼楼道里所特有的寒冷，比外面街头上的寒风更加蚀骨。

上楼时他撩起长裙的下摆，露出缠满绷带的双腿，在昏暗的楼道里看起来就像穿着白色丝袜。楼里没灯，我用力地跺了跺脚，也没有用。我只好掏出手机，打开手电筒。他扶着楼梯扶手，慢慢地拾级而上。我跟在他后面，默默地数着，一楼、二楼……一直数到六楼，也不再有向上的楼梯了，他才终于穿过走廊，在尽头的门前停下。

这扇门和楼里其他的门格格不入，或者说，它和这幢破旧的老公房都不是一种风格。应该说更新，还是更旧呢？看起来像是新装的，手电筒照到的地方看不出一丝岁月留下的痕迹，油漆刷得均匀。但它的造型又比如今的铁门都更古朴，门中间居然还有一个造型夸张的铜狮子头装饰，狮子的嘴巴里衔着一个门环，我想应该是充当门铃的作用吧。

借着手机发出的光,蒙面作家把钥匙插入锁孔,转了好几圈,才把门打开。

"请进。"

他先进了门,然后扶住门框,做了个"请"的手势。我也跨步进门,不知道要不要换鞋,只好先局促地站在门口。

蒙面作家关上门,没有开灯直接朝里走去。我用手机扫了一圈室内。

这是一个开放式的客厅,房间不大,家具不多。蒙面作家没有开灯,而是在黑暗中摸索了一阵,"嚓"的一声划亮了一根火柴。然后,屋子里的火光渐渐增多,整个房间也清晰了起来。

我关掉手机,看向亮起的六个烛台。每个烛台的造型都不一样,摆在桌子上的是一个铜质大乌龟,龟壳上驮着蜡烛;墙上贴着的是一只展翅俯冲的老鹰,鹰嘴里叼着一根蜡烛;还有一个是莲花状的。虽说烛台漂亮,但烛火还是没有日光灯亮堂,屋里影影绰绰的,东西都得走近了才能看清。

"不开个灯吗?"我问。

"没有灯。"蒙面作家拉开阳台的玻璃门,一阵风灌进来,烛火扑闪了几下,"现代文明太野蛮了。人们逾越自身的使命,企图造出天地万物,却剥夺了自然之美。"

我不置可否。蒙面作家已走到阳台上,在左边角落拨弄了几下,又蹲去了右边。然后走回房间,打开书橱,借着昏暗的光线上下寻找着。

我十分好奇,于是走到阳台,发现右边放着我小时候见过的煤球炉,炉子上架着一个铝锅,里面装满了水。我很小的时候在一个叔叔家里见过这种煤球炉,那时没有理发店,父亲总会带我去那里让叔叔给我剪头发,剪发前会先用这种煤球炉烧出来的水洗头。真想不到会在二十多年后、在一栋上海市区住宅的阳台上,再看到这种东西。

蒙面作家拿了一本书过来,另一只手里端着乌龟烛台。我正准备说这本推理小说我也看过,就见他把书放到了烛火上。

"啊,这本书挺好看的啊,为什么要烧掉?"我惊讶极了。

"吾也喜欢。真是神作啊。"蒙面作家边说边调整角度,让书燃烧得均匀,"可不烧书怎么点煤球?难道要吾烧报纸?那可不行。"

完全听不懂。不过我也懒得多问。

借着火光我又发现了奇怪的事,他手里这本和我家那本有点不一样。

"这本书怎么是线装的?我怎么不知道出过这个版本。"

"吾自己装订的。"

"哈?"

"不是线装书就不能称之为书。"

"哦。"

算了、算了,我回到屋里,又看了看四周的陈设,开口说道:"我手机没电了,你充电器放哪里了,我想充下电。"

"吾不用电脑,也不用手机,自然没有充电器。"

"啊?那你平时怎么获取信息?"

"看报。"

"怎么与人交流?"

"写信。"

"怎么写作——好了我知道,是用笔写。"

我看着书桌上的笔墨纸砚,心中暗想,圆珠笔、钢笔和铅笔在他眼中应该统统算不上笔吧。

"你这样，写一本书要花多长时间啊？"

"不知道。"

"不知道？"

"嗯，吾还没有写完过。"

"那你和我一样嘛，也不算出过书。"

"等吾写完，就出版了。"

他倒是很自信，这点也和我一样。不过作为被拒稿多次的"前辈"，我想我有必要劝劝他。

"不一定吧。我完成好几本书了，但都没出版，出书没你想得那么简单。"

"那是因为汝没有才华。"他回到屋里，放下烛台，拍拍手，像是自言自语般说，"今天风大，炉子点不着，就不喝茶了吧。"

我不由得笑了，这位蒙面作家虽然在很多方面固执老派到让人无奈，但这种固执老派又让人觉得有些可爱。

他关上阳台门，劝我在一张竹椅上坐下，然后自己也找了个凳子坐好。刚一坐稳，他就问道："汝为何写作？"

我正色道："我喜欢推理，且有理想，想为中国推理小说出一份力。"

蒙面作家摇摇头，道："可汝说汝的作品已经被拒绝了很多次？"

"唉，我承认我的风格确实比较小众，但内核绝对是本格。出版社还是出于销量的考虑吧，觉得比较难被市场接受。"

"嗯……看来汝非常喜欢本格推理啊。"

"那是当然！"说起这个我不免激动了起来。我这人嘴笨，只是说起推理，特别是本格推理，那我或许能不眠不休地讲上几天几夜！此时夜深人静，我就在这间黑乎乎的房间里，和一个全身绷带、戴着墨镜的男人聊了起来，并且越聊越激动，竟有相见恨晚的感觉。眼前的蒙面作家也是资深推理小说爱好者，我们聊完神作聊雷作，聊完偶像聊呕吐对象，不亦乐乎。而他的博学在让我佩服的同时又不禁对他的年龄起疑，莫非他已是一名长者，才懂得这么多？

窗外渐渐透出光亮时，蒙面作家突然咳嗽几声，打断了我对下本新书创作思路的阐述。

他站起身，踱步到阳台的窗边站定，看着外面说道："正所谓床前明月光，疑是地上霜。人最重要的是找到适合自己做的事。要完成理想，不是只有一条路。汝不擅长写作，但说不定可以帮助别人创作出更好的推理小说。"

帮助别人创作出更好的推理小说？

我听过太多人劝我不要再写了，却从没有人建议我去帮助别人写。

他那含混的声音继续传来。

"汝很有鉴赏推理小说的能力，并且深深地爱着这个类型的小说，既然如此，切不可浪费。汝可以通过其他方式制造优秀的推理小说，或许比汝自己创作意义更大。汝回去再仔细想想吧，今天时候不早了，就不多说了。"

我仍未从震惊中回过神，望着被晨光照耀的蒙面作家的背影，竟觉得像西方宗教画像中闪着光的神。

见我一直没动，蒙面作家似乎叹了口气，然后转过身来，在书桌边研起墨来。接着从书架某处拿出一张宣纸，铺在桌上，挽起衣袖，拿起毛笔蘸饱墨汁，在宣纸上写了起来。

我好奇地站起身，凑到他旁边看。

"水墨版印象派画作?"

"吾打算送一幅字给汝。"

"哦?这是字?"我认真地辨认着,却连个字的轮廓都看不出来。

"这是'放虎归山'。汝认为,放虎归山是贬义词还是褒义词?"

"当然是贬义词。"我不假思索地说道,"把吃人的老虎放回山上,比喻后患无穷。"

"可是对老虎来说,这是一个褒义词。"蒙面作家拿出扇子扇着刚写好的字,"同样一件事,从不同的角度看,可能会得出不同的结论。就像今天晚上咖啡店里发生的事,在吾、汝的朋友和那位老板看来,应是三个完全不同的故事。人也是如此,从这个角度看汝不适合做这件事,但换个角度汝可能就特别适合了。"

我被他绕糊涂了,姑且收下字,离开了他家。

走回医学院路的时候,街上已经有早起的人了。我捏紧卷起的宣纸,很想找个垃圾桶扔掉。可转念一想,不如作为这个晚上的回忆留着吧。

这个夜晚是我的秘密,连星儿都不知晓的秘密。像不能言说的梦,像衣柜里的魔法世界,像超能英雄变装后的壮举,而手中这幅字,是那个世界的信物,它能证明这个晚上发生的一切并不是我在做梦,或者妄想。

放虎归山。蒙面作家的解释很有意思,但他说错了,我的人生已不会发生那么多改变,我马上就会回到星儿身边,向她道歉,日后虽有吵闹但我们还是会一起过完这一生。我还会坚持创作,直到有一天证明自己。我就算是虎,可能也已经不再向往山林了。

天越来越亮,街上人越来越多。一夜未合眼的我竟被这个苏醒的城市所感染,精神抖擞。我走到路口等待信号灯的行人之中,变成他们中的一员。

图书在版编目（CIP）数据

逐星记 / 陆烨华著. —— 北京：新星出版社，2018.11
ISBN 978-7-5133-3228-6

Ⅰ.①逐… Ⅱ.①陆… Ⅲ.①长篇小说-中国-当代 Ⅳ.①I247.5

中国版本图书馆 CIP 数据核字（2018）第 236747 号

逐星记

陆烨华 著

责任编辑：王　欢
特约编辑：赵笑笑
责任校对：刘　义
责任印制：李珊珊
封面设计：@broussaille私制

出版发行：新星出版社
出 版 人：马汝军
社　　址：北京市西城区车公庄大街丙3号楼　　100044
网　　址：www.newstarpress.com
电　　话：010-88310888
传　　真：010-65270449
法律顾问：北京市岳成律师事务所

读者服务：010-88310811　　service@newstarpress.com
邮购地址：北京市西城区车公庄大街丙3号楼　　100044

印　　刷：北京玥实印刷有限公司
开　　本：910mm×1230mm　　1/32
印　　张：6.875
字　　数：110千字
版　　次：2018年11月第一版　　2018年11月第一次印刷
书　　号：ISBN 978-7-5133-3228-6
定　　价：36.00元

版权专有，侵权必究；如有质量问题，请与印刷厂联系调换。